古樂苑

（第五册）

UESTCP
电子科技大学出版社

第五册目録

古樂苑卷第四十六

西吴　梅鼎祚　補正

東越　呂胤昌　校閲

雜歌謠辭 漢 諺語

楚人諺 漢書云季布爲任俠有名楚人諺曰

得黄金百不如得季布諾

韓信引人言 史記曰漢六年人有上書告楚王信反高祖令武士縛信信曰果若人言

狡兎死良狗亨高鳥盡良弓藏敵國破謀臣亡 良書作走高作飛

淮陽語 河南志應曜隱於淮陽山中與四皓俱徵獨不至時人語曰

商山四皓不如淮陽一老

鄙語史記世家曰須常以前陳平爲高帝謀執樊噲數讒曰陳平爲相非治事日飲醇酒戲婦女呂太后聞之私獨喜面質呂須於陳平曰鄙語曰云云顧我於君何如耳無畏呂須之讒可

兒婦人口不可用

賈誼疏引諺誼上疏曰夫三代之所以長久者以其輔翼太子有此具也及秦而不然彼其所以道之者非其理故也鄙諺曰云云又曰云云

不習爲吏視已成事大戴禮不習爲吏如視已事

前車覆後車誡

里諺賈誼疏曰里諺曰二　此善諭也鼠近於器尚憚不投況於貴近乇乎故有賜死而亡戮辱又云臣聞之　鮮不以加枕冠雖敝不以苴履

欲投鼠而忌器

袁盎引語 史記曰文帝從霸陵上欲西馳下峻阪袁盎騎並車擥轡上曰將軍怯邪盎曰臣聞云云亦不云語

千金之子坐不垂堂百金之子不騎衡 服虔曰措身不倚衡也如淳曰衡樓殿邊欄楯也

晁錯傳引語 史記太史公曰晁錯爲家令時數言事不用後擅權多所變更反以亡軀語曰云云豈错等謂邪

變古亂常不死則亾

韓安國引語 史記曰公孫詭羊勝說孝王求爲帝太子及益地事景帝乃遣使捕詭勝至梁安國入見王而泣曰治天下終不以私亂公語曰云云今大王悅一邪臣浮說犯上禁撓明法有如太后宮車卽晏駕大王尚誰攀乎詭勝自殺

雖有親父安知其不爲虎雖有親兄安知其不爲狼 漢書

並無其字　按安國傳安國與王恢論伐匈奴以爲勿擊便曰强弩之極矢不能穿魯縞衝風之末力不能漂鴻毛不云何語惟漢書臣聞之衝風之衰不能入魯縞亦不云語也且此傳中臣聞之類頗多

語 漢書漢廷臣方議削吳吳王恐削地無已因發謀舉事聞膠西王勇好兵諸侯皆畏憚之於是迺使中大夫應高口說膠西王曰今者主上任用邪臣聽信讒賊變更律令侵削諸侯徵求滋多誅罰良重日以益甚語有之曰云云吳與膠西知名諸侯也一時見察不得安肆矣大王誠幸而許之一言則天下可并兩主分割不亦可乎王曰善

狧穅及米 狧古舐字

諺 外戚世家漢武帝夫人尹婕妤見邢夫人低頭俛而泣自痛其不如也諺曰云云

美女入室惡女之仇

引傳三王世家引傳曰
曾子書作諺曰

蓬生麻中不扶自直白沙在泥與之皆黑

李廣傳引諺史記太史公曰余睹李將軍悛悛如鄙人口不能道辭及死之日天下知與不知皆爲盡哀彼其忠實心誠信於士大夫也諺曰

桃李不言下自成蹊

諫獵疏引諺司馬相如傳曰常從上至長楊獵是時天子方好自擊熊彘馳逐野獸相如上疏諫引鄙諺曰云云此言雖小可以喻大

家絫千金坐不垂堂

郭解傳引諺史記太史公曰吾觀郭解狀貌不及中人言語不足采者然天下無賢與不肖知與不知皆慕其聲言俠者皆引以爲名諺曰云云

人貌榮名豈有既乎 徐廣曰人以顏狀爲貌者則貌有衰落矣唯用榮名爲飾表則稱譽無極也

司馬遷引語 漢書曰遷既被刑之後爲中書令任安與遷書責以古賢臣之義遷報書曰顧自以爲身殘處穢動而見尤欲益反損是以抑鬱而無誰語語曰

誰爲爲之孰令聽之

紫宮諺 漢書曰李延年善歌能爲新聲與女弟俱幸武帝時人語曰

一雌復一雄雙飛入紫宮

逐彈丸 西京雜記曰韓嫣好彈以金爲丸一日所失者十餘長安爲之語曰逐彈京師兒童每聞嫣出彈輒隨之望丸所落便拾取焉

苦饑寒逐彈丸

馬肝石語郭憲別國洞冥記曰元鼎五年郅支國貢馬肝石百斤常以水銀養之內玉櫃中金泥封其上國人長四尺惟餌此石而已半青半白如今之馬肝舂碎以和九轉之丹服之彌年不饑渴也以之拂髮白者皆黑帝坐羣臣於甘泉殿有髮白者以石拂之應手皆黑是時公卿語曰

不用作方伯惟須馬肝石

黃虵珠語別國洞冥記曰有鳳葵草色丹葉長四寸味甘久食令人身輕肌滑赤松子餌之三歲乘黃虵入水得黃珠一枝色如眞金或言是黃虵之卵故名虵珠亦名銷疾珠語曰

寧失千里駒不失黃虵珠

聲風木語別國洞冥記曰太初二年東方朔從西那汗國歸得聲風木十枝獻帝長九尺大如指此木臨因桓之水則禹貢所謂因桓是也其源出甜波樹上有紫燕黃鵠集其間實如

油麻風吹枝如玉聲因以爲名帝以枝遍賜尊臣臣有凶者枝則汗臣有死者枝則折昔老聃在於周世年七百歲枝竟未汗偓佺生於堯時年三千歲枝竟未一折帝乃以枝問朔朔曰臣已見此枝三過枯死而復生豈汗折而已哉里語曰

年未半枝不汗　此木五千年一濕萬歲不枯

龍爪薤語　別國洞冥記曰烏哀國有龍爪薤長九尺色如玉煎之有膏以和紫桂爲丸服一粒千歲不饑故語曰

薤和膏身生毛

龜黃語　別國洞冥記曰影娥池中有鼉龜望其羣出岸上如連璧弄於沙岸也故語曰

夜未央待龜黃

路溫舒引諺　漢書初孝武之世張湯趙禹條定法令禁網寖密宣帝時廷尉史路溫舒

上書引

諺曰

畫地爲獄議不入刻木爲吏期不對

東家棗 漢書曰王吉少時居長安其東家有棗樹垂吉庭中吉婦取以啖吉吉知而去婦東家聞欲伐其樹鄰里止之因請吉還婦爲之語曰東家吉字子陽琅琊皐虞人昭帝時爲博士諫大夫

東家棗樹王陽婦去東家棗完去婦復還

鄒魯諺 漢書曰韋賢少子玄成復以明經歷位至丞相故鄒魯諺曰

遺子黃金滿籯不如一經

諸葛豐 漢書曰諸葛豐元帝擢爲司隸校尉剌擧無所避京師語曰

間何闊逢諸葛 言間者何久闊不相見以逢諸葛故也

三王 漢書曰成帝時王吉子駿爲京兆尹試以政事先是京兆有趙廣漢張敞王尊王章王駿皆有能名故京師稱曰

前有趙張後有三王

五鹿 漢書曰少府五鹿充宗貴幸爲梁丘易元帝好之欲考其異同令與諸易家論充宗辯口諸儒莫能抗有薦朱雲者召入攝齊登堂抗首而請既論難連拄五鹿君故諸儒爲之語曰

五鹿嶽嶽朱雲折其角

谷樓 漢書曰樓護字君卿精辯論議常依名節聽之者皆竦與谷永俱爲五侯上客長安號曰谷樓言其見信用也

谷子雲之筆札樓君卿之喉舌

張文 漢書曰成帝爲太子及即位以張禹論語爲師以上難數對以問經爲論語章句獻之諸

儒爲之語曰張文由是學者多從張氏餘家寖微

不欲爲論念張文

里語漢書成帝欲立趙倢伃爲皇后諫大夫劉輔上書引里語曰云云書奏上使侍御史收縛輔繫獄

腐木不可以爲柱卑人不可以爲主

里諺漢書成帝益封董賢二千戶賜三侯國王嘉上封事諫曰往古以來貴臣未嘗有此流聞四方皆同怨之里諺曰云云

千人所指無病而死

蕭朱漢書曰蕭育少與陳咸朱博爲友著聞當世往者有王貢故長安人語曰云云言其相薦達也始育以公卿子顯名咸最先進爲御史中丞時朱博尚爲陵亭長爲咸育所舉拔而博先

至將軍上卿歷位多於咸育遂至丞相育與博後有隙不能終故世以友爲難也王貢謂王陽貢禹

蕭朱結綬王貢彈冠

王陽語 應劭風俗通曰漢書說王陽雖儒生自寒賤然好車馬衣服極爲鮮好及遷徙去處所載不過囊衣去位家居亦布衣疏食天下服其廉而恠其奢故俗傳王陽爲能作黄金語曰云云王陽居官食祿雖爲鮮明車馬衣服亦能幾所何足恠之乃傳俗說班固之論陋於是矣

金不可作世不可度 一云金可作世可度

杜陵蔣翁 嵇康高士傳云蔣詡字元卿杜陵人爲兗州刺史王莽爲宰衡詡奏事到灞上稱病不進歸杜陵荆棘塞門舍中三逕終身不出時人諺曰

楚國二龔不如杜陵蔣翁

王君公後漢書曰逢萌與同郡徐房平原李子雲與子雲養徒各千人君公遭亂王君公相友善並曉達陰陽懷德穢行房獨不去儈牛自隱時人語曰

避世牆東王君公語林亦載

幘如屋蔡邕獨斷曰古幘無巾王莽頭禿乃始施巾故語曰

莽頭禿幘如屋應劭漢官儀亦載里語曰王莽頭禿施幘屋

投閣漢書曰王莽篡位後復上符命者莽盡誅之時楊雄校書天祿閣使者欲收雄雄恐乃從閣自投幾死京師爲之語曰

惟寂惟莫自投于閣爰清爰靜無作符命

南陽舊語三輔決録曰南陽舊語云云言其節儉也

前隊大夫范仲公鹽豉蒜果共一筩公一作翁王莽時官有前隊之名

竈下養東觀漢記曰更始所授官爵皆羣小賈竪或有膳夫庖人長安中為之語曰

竈下養中郎將爛羊胃騎都尉爛羊頭關內侯

郭氏語拾遺記曰郭况者光武皇后弟也累金數億錯拾寶以飾臺榭懸明珠於四垂晝視之如星夜望之如日里語曰

洛陽多錢郭氏室夜日晝星富無匹

喭後漢書曰光武姊湖陽公主新寡帝與共論朝臣微觀其意主曰宋公威容德器羣臣莫及帝曰方且圖之後宋弘被引見帝令主坐屏風後因謂弘曰諺言云云人情乎弘曰臣聞貧賤之交不可忘糟糠之妻不下堂帝顧主曰事不諧矣

貴易交富易妻

南陽諺後漢書曰南陽太守杜詩政治清平百姓便之時人以方召信臣南陽為之語曰

前有召父後有杜母

戴侍中 謝承後漢書云戴憑徵博士詔公卿大會令與諸儒難說帝善之後正旦朝賀羣臣說經更相難詰義有不通輒奪其席以益通者憑遂重坐五十餘席故京師語曰

解經不窮戴侍中 一曰說不窮戴侍中

井大春 嵇康傳曰井丹字大春扶風郿人博學高論京師爲之語曰

五經紛綸井大春

馮仲文 東觀漢記曰豹字仲文好儒學以詩傳教授鄉里爲之語三輔決錄曰馮豹字仲文後母遇之甚酷豹事之愈謹時人爲之語

道德斌斌馮仲文

賈長頭 東觀漢記曰賈逵字景伯能講左氏及五經本文以夏侯尚書教授諸儒爲之語曰

問事不休賈長頭後漢書逵身長八尺二寸

諺漢書曹褒拜博士上疏具陳禮樂班固謂宜廣集諸儒共議得失帝曰諺言云云

作舍道傍三年不成苻子載左丘明曰古諺有之築室道傍三年不成按晉苻朗撰苻子

俗語東觀漢記明德馬太后時上欲封諸舅外間白太后曰吾自念親屬皆無柱石之功俗語曰

時無赭澆黃土東觀漢記曰邵訓字伯春鄉里號之曰

德行恂恂邵伯春

江夏黃童後漢書曰黃香字文彊江夏人博學經典究精道術京師號曰

天下無雙江夏黃童

虞詡引諺漢書曰永初四年羌胡反亂殘破并涼大將軍鄧騭欲棄涼州詡說太尉李脩以爲不可引諺云

關東出相關西出將前書云秦漢以來山東出相山西出將

陳忠疏稱語東觀漢記曰陳忠上疏稱語曰

迎新千里送故不出門

楊伯起東觀漢記曰楊震少嘗受歐陽尚書於太常桓郁經明博覽無不窮究諸儒爲之語曰

關西孔子楊伯起震字伯起

諺陸方賢楚國先賢傳見太平御覽

黃尚爲司隸奸慝自弭左雄爲尚書令天下愼選舉

邊延後漢書曰延篤字叔固及邊鳳皆爲京兆尹並有能名語曰張趙即趙廣漢及張敞也

前有張趙後有邊延

李固引語後漢書黄瓊傳公車徵瓊至綸氏稱疾不進先是徵聘處士多不稱望李固以書逆遺之曰嘗聞語曰云云

嶢嶢者易缺皦皦者易污陽春之曲和者必寡盛名之下其實難副

胡伯始後漢書曰太傅胡廣周流四方三十餘年歷仕六帝禮任極優練達故事明解朝章雖無謇謇直言之風屢有補闕之益故京師諺曰

萬事不理問伯始天下中庸有胡公廣字伯始

周宣光東觀漢記曰周舉字宣光姿貌短陋而博學洽聞爲儒者所宗京師語曰

五經縱橫周宣光

京師語袁山松後漢書桓帝時京師稱曰

李元禮巖巖如玉山陳仲舉軒軒如千里驥

南陽語袁山松後漢書曰桓帝時南陽語曰

朱公叔肅肅如松柏下風

四侯後漢書曰單超王綰徐璜具瑗唐衡桓帝時共誅梁冀同日封侯謂之五侯於是朝廷日亂超薨之後其四侯轉橫天下爲之語曰

左迴天具獨坐徐臥虎唐兩墮一作雨墮又作應聲

考城諺後漢書曰仇覽字季智一名香陳留考城人爲蒲亭長初到亭有陳元之母詣覽告元不孝覽以善言勸慰之母聞感悔涕泣而去覽乃親到元家與其母子飲因爲陳人倫孝行

譬以禍福元卒成孝子鄉邑爲之諺曰

父母何在在我庭化我鳴梟哺所生

孤犢諺 謝承後漢書曰仇覽字季智一名香陳留考城人也爲縣陽遂亭長有羊元者凶惡不孝其母詣覽告之覽呼元責誚元以子道與孝經一卷使誦讀之元深改悔至母前謝罪曰諺曰云云乞今自改卒成佳士

孤犢觸乳驕子罵母 罵一作詈

赦諺 崔寔政論曰孝文皇帝卽位二十三年乃赦示不廢舊章而已近永平建初之際亦六七年乃赦亾命之子皆老於草野窮困懲艾質閒以來歲旦赦百姓輕爲姦非前年一朞之中太小四赦諺曰云云況不軌之民孰不肆意遂以赦爲常俗赦以趣赦赦轉相驅踧而不得息雖日赦之亂彌繁也

一歲再赦奴兒喑啞

崔寔引里語政論曰每詔書所欲禁絶雖重懇惻罵詈極筆猶復廢捨終無悛意故里語曰

州郡記如霹靂得詔書但掛壁

朱伯厚後漢書曰朱震字伯厚爲州從事奏濟陰太守贓罪之數諺曰

車如雞棲馬如狗疾惡如風朱伯厚

太常妻應劭漢官儀北海周澤爲太常恒齋其妻憐其年老疲病窺內問之澤大怒以爲干齋掾吏叩頭爭之不聽遂收送詔獄并自劾論者非其激發諺曰

居世不諧爲太常妻一歲三百六十日三百五十九日齋一日不齋醉如泥既作事復低迷居世一作生代後漢書無后二句

縫掖 續漢書曰皇甫規安定鄉人有以貨買鴈門太守者亦還家書刺謁規規臥不迎有頃曰王符在門規驚遽而起屣履出迎時人爲之語曰

徒見二千石不如一縫掖

荀氏八龍 續漢書曰荀爽字慈明幼而好學躭思經書慶弔不行徵命不應潁川爲之語曰

荀氏八龍慈明無雙

公沙六龍 袁山松後漢書曰公沙穆有六子時人號曰

公沙六龍天下無雙

賈偉節 三輔決錄曰賈彪兄弟三人並有高名彪最優故天下稱曰

賈氏三虎偉節最怒

雷陳　後漢書曰雷義字仲公豫章鄱陽人舉茂才讓于陳重刺史不聽義遂佯狂走不應命鄉里爲之語曰

膠漆自謂堅不如雷與陳

作奏　邯鄲氏笑林曰桓帝時有人辟公府掾者倩人作奏記文人不能爲作因語曰梁國葛龔者先善爲記文自可爲用不煩更作遂從人言寫記文不去龔名姓府公大驚不答而罷歸時人語曰　按後漢書葛龔和帝時以文記知名

作奏雖工宜去葛龔

避驄　後漢書曰桓典字公雅靈帝時爲侍御史是時宦官秉政典執正無所廻避常乘驄馬京師畏憚爲之語曰

行行且止避驄馬御史

李德公語華陽國志曰李固爲太尉質帝崩梁冀召議所立僉舉清河王蒜冀然之奏御太后中常侍曹騰私恨蒜說冀明日更議固與杜喬必爭蒜宜立冀不聽策免固喬歲餘徵下獄自殺子燮字德公拜東平相國王爲黃巾所沒得出天子復封之燮以爲不可果敗時人爲之語曰

李德公父不欲立帝子不欲立王

郭君江表傳曰郭典字君業爲鉅鹿太守與中郎將董卓攻黃巾賊張寶於曲陽典作圍塹卓不肯典獨於西當賊之衝晝夜進攻寶由是城守不敢出時人爲之語曰

郭君圍塹董將不許幾令狐狸化爲豺虎賴我郭君不畏強禦轉機之間敵爲窮虜猗猗惠君寶完疆土

袁文開英雄記曰袁紹父成字文開貴戚自梁冀以下皆與交言無不從京師諺曰

事不諧諧文開諧一作問

飢人語袁紹在冀州時滿市黃金而無斗粟餓死者相食人爲之語

虎豹之口不如飢人

時人語曹操別傳曰呂布驍勇且有駿馬名赤兎常騎乘之時人爲之語曰

人中有呂布馬中有赤兎

里語風俗通曰頃者廷尉多墻面苟充茲位持書侍御史不復平議讞當糺紛豈一哉里語曰

縣官漫漫寃死者半

狐渡語風俗通曰九江多虎百姓苦之前將募民捕取武吏以除賦課郡境界皆設陷穽後太守宋均到官乃移記屬縣壞檻穽勿復課錄退奸殘進忠良後虎悉東渡江俚語云云舟人楫櫂猶尚畏怖不敢迎上與之周旋云悉東渡誰措見者

狐欲渡河無奈尾何

俚語 風俗通曰山陽太守汝南薛恭祖喪其妻不哭謹按禮爲嫡妻杖重於宗也終始永絕而烏無惻容俚語云云豈不悖哉

婦死腹悲唯身知之

陳茂語 風俗通曰汝南陳茂君因爲荊州刺史時南陽太守灌恂本名清能茂不入宛城引車到城東爲友人衛修母拜到州恂先是茂客仕蒼梧還遂到修家説修坐事繫獄當死因詣府門移辭乞恩隨輩露首入坊中太守大驚立賜巾延請卽爲出修南陽士大夫謂恂能救解修茂彈繩不撓修竟極罪恂亦以它事去南陽疾惡殺修爲之語曰

衛修有事陳茂治之衛修無事陳茂殺之

麗儉 風俗通曰麗儉父先遜走隨母流宕後居鄉里鑿井得銅遂温富買奴曰堂上者我婦也

問其故奴曰我婦姓艾字阿宏足下有黑子
腋下有赤志母曰我翁也遂爲夫婦時人曰

鑿井得銅買奴得翁

劉太常 華嶠後漢書曰劉愷爲太常論議常引正大義諸儒爲之語曰

難經伉伉劉太常

楊子行 東觀漢記曰楊政字子行治梁丘易與祁聖元同好俱名善說京師號曰

說經鏗鏗楊子行論難僠僠祁聖元 續漢書無下句

許叔重 後漢書曰許愼字叔重少博學經籍馬融常推敬之時人爲之語續漢書愼以五經傳說臧否不同撰五經異義傳于世

五經無雙許叔重

陳君期 東觀漢記曰陳囂字君期善說詩語曰

關東說詩陳君期

魯叔陵東觀漢記曰魯平字叔陵兼通五經拜趙相雖居官不廢教授關東號曰

五經復興魯叔陵

繆文雅皇甫謐達士傳曰繆斐字文雅代修儒學經術修明學士稱之時人爲之語曰

素車白馬繆文雅

許偉君陳留風俗傳曰許晏字偉君授魯詩於瑯琊王攺學曰許氏章句列在儒林故諺曰

殿上成羣許偉君

柳伯騫江表傳曰柳琮字伯騫所拔進皆爲時所稱致位牧守鄉里爲諺曰

得黃金一笥不如爲柳伯騫所識

白眉襄陽耆舊傳曰蜀馬良字季常宜城人也兄弟五人並有才名鄉里爲之諺良眉中有白

毛故以稱之

馬氏五常白眉最良荊州先賢傳作頌之

五門三輔決錄曰五門子孫凡民之五門今在河南西四十里澗穀洛二水之交傳聞馬氏兄弟五人共居此地作五門客舍因以爲名主養豬賣豚故民爲之語曰

苑中三公館下二卿五門嚾嚾但聞豚聲

魯國孔氏孔叢子曰子和二子長曰長彥次曰季彥甘貧味道研精墳典十餘年間會徒數百故時人爲之語曰

魯國孔氏好讀經兄弟講誦皆可聽學士來者有聲名

不過孔氏那得成

相里諺文士傳云留侯七世孫張讚字子卿初居吳縣相人里時人諺曰

相里張多賢良積善應子孫昌

時人語華陽國志曰趙祉遣吏先尼和拜檄巴蜀守過成瑞灘死子賢求喪不得女絡年二十五迺分金珠作二錦囊繫兒下至二年二月十五日女絡乃乘小船至父沒所哀哭自沈見夢告賢曰至二十一日與父尸俱出至日父子浮出縣言郡太守蕭登高之尚書遣戶曹掾爲之立碑黃帛僰道人張眞妻也貞受易於韓子方去家三十里船覆死貞弟求喪經月不得帛乃自往沒處躬訪不得遂自投水中大小驚睨積十四日持夫手浮出時人爲語曰　先尼和符人黃一作張

符有先絡僰道黃帛求其夫天下無有其偶

折氏諺華陽國志曰折象字伯式雒人也其先張江爲武威太守封南陽折侯因氏焉事東平虞叔雅以道教授門人朋友自遠而至時人爲諺曰

折氏客誰朱雲卿段節英中有佃子趙仲平但說天文

論五經

四珍語華陽國志曰泰瑛南鄭楊拒妻大鴻臚劉巨公女也有四男二女拒亡教訓六子動有法矩四男才官隆於先人故時人爲語曰

三苗□止四珍復起

游幼齊三輔決錄曰游殷字幼齊爲胡軫所害歲餘軫得病但言伏伏游幼齊將鬼來於是遽死關中諺曰

生有知人之明死有責人之靈

封使君述異記曰漢宣城守封邵化爲虎食郡民民呼曰封使君因去不復來時人語曰

無作封使君生不治民死食民

郱君 郱原別傳曰原避地遼東以虎爲患自原之落獨無虎患嘗行而得遺錢拾以繫樹枝此錢不見取繫錢者逾多原問其故答者謂之社樹原惡其由巳而成妄祀乃辨之於是里中遂斂其錢以爲社供里長老爲之諵曰

郱君行仁落邑無虎郱君行廉路樹成社

貨殖傳引諺 富者得勢益彰失勢則客無所之以而不樂諺曰云云此非空言也

千金之子不死於市 尉繚子千金不死百金不刑

百里不販樵千里不販糴

以貧求富農不如工工不如商刺繡文不如倚市門

藝文志引諺 經方論曰以熱益熱以寒益寒是所獨失也故諺曰

有病不治常得中醫 治平聲

殽語 風俗通曰殽有二陵在弘農澠池縣其語曰

東殽西殽澠池所高

洛陽語 陸機洛陽記曰洛陽有銅駝街漢鑄銅駝二枚在宮南西會道相對俗語曰

金馬門外集衆賢銅駝陌上集少年 此或晉時語

古樂苑卷第四十六　終

古樂苑卷第四十七

西吴　梅鼎祚　補正

東越　吕胤昌　校閲

襍歌謡辭 三國

蜀漢

諺

孔明諺 襄陽耆舊傳曰黃彦承高爽開朗爲沔南名士謂孔明曰聞君擇婦身有醜女黃頭黑面才堪相配孔明許卽載送之鄉里爲之諺曰

莫學孔明擇婦正得阿承醜女

李鱗甲 江表傳曰諸葛亮表都尉李嚴少爲郡吏用性深尅苟利其身鄉里爲嚴諺曰

難可狎李鱗甲

諸葛諺 晉漢春秋曰諸葛亮卒楊儀整軍而出宣王不逼百姓諺曰

死諸葛走生仲達

何隨語 華陽國志曰何隨字季業蜀郡郫人也除安漢令蜀亡去官時巴土饑荒所在無穀送吏行乏輒取道側民芋隨以綿繫其處使足所取直民視芋見綿在語曰聞何安漢清廉行過從者無糧必能爾耳持綿追還之終不受因爲語曰

安漢吏取糧令爲之償

蜀語 華陽國志曰巴西郡二主之世稱美荊楚先漢以來馮車騎范鎮南皆植斯鄉故曰

巴有將蜀有相

假鬼教 華陽國志曰先主薨後雍闓叛益州太守正昂更以蜀郡張裔爲太守闓假鬼教曰云云按蜀書云張府君如瓠壺外雖澤而內實粗不足殺令送與吴似不當附語

張裔府君如瓠壺殺之不可送與吳

魏

歌 徐州歌 晉書曰王祥隱居廬江三十餘年不應州郡之命徐州刺史呂虔檄爲別駕于時寇盜充斥祥率勵兵士頻討破之州界清靜政化大行時人歌之 按魏志呂虔文帝時遷徐州刺史請琅琊王祥爲別駕

海沂之康實賴王祥邦國不空別駕之功

滎陽令歌 殷氏世傳曰殷襃爲滎陽令廣築學館會集朋徒民知禮讓乃歌之云

滎陽令有異政修立學校人易性令我子弟恥鬭訟 樂府作訟爭

行者歌 選詩拾遺作魏時童謠歌云見五行志王子年拾遺記曰文帝所愛美人薛靈

芸常山人也年十五容貌絶世咸熙中文帝選良家子女以入六宫常山太守習谷以千金寶賂聘之以獻至京師帝以文車十乘迎之道側燒石葉之香未至數十里膏燭之光相續不滅車徒咽路塵起蔽於星月又築土爲臺基高三十丈列燭於臺下遠望如列星之墜地又於大道之傍一里一銅表高五尺以誌里數故行者歌曰

青槐夾道多塵埃龍樓鳳闕望崔嵬清風細雨襍香來

土上出金火照臺此七字是妖辭也銅表誌道是土上出金之義以燭置臺下則火在土下之義漢火德王魏土德王火伏而土興土上出金是魏滅而晉興之兆晉以金王也

兜鈴曹子歌晉書曰明帝太和中京師歌兜鈴曹子其唱曰云云此詩妖也其後曹爽見誅曹氏遂廢

其奈汝曹何

謠

明帝景初中童謠宋書五行志曰魏明帝景初中童謠及宣王平遼東歸至白屋當還鎮長安會帝篤疾急召之乃乘追鋒車東渡河終翦魏室如童謠之言也

阿公阿公駕馬車不意阿公東渡河阿公東還當奈何東晉書作來

齊王嘉平中謠宋書五行志曰魏齊王嘉平中謠按朱虎者楚王彪小字也王淩令狐愚聞此謠謀立彪事發淩等伏誅彪賜死

白馬素羈西南馳其誰乘者朱虎騎

謠言魏略護軍總統諸將任主武官選舉前後當此官者不能止貨賂故蔣濟爲護軍時有謠言

欲求牙門當得千匹百人督五百匹

諺

諺言 太祖爲魏王中尉崔琰取表草視之與楊訓書曰省表事佳耳時乎時乎會當有變時琰本意譏論者好譴呵而不尋情理也有白琰此書傲世怨謗者太祖怒曰諺言云云會當有變時意指不遜遂賜琰死

生女耳耳非佳語

夏侯語 魏書曰夏侯淵爲將赴急疾常出敵不意故軍中語曰

典軍校尉夏侯淵三日五百六日一千 詩紀作六十千侯淵從太祖征伐封博昌亭侯

軍中語 魏略曰太祖使盧洪趙達撫軍主刺舉軍中語曰

不畏曹公但畏盧洪曹公尚可趙達殺我

帳下語 江表傳曰典韋容貌魁傑名冠二軍其所持手戟長幾一尋軍中爲之語曰

帳下壯士有典君手把雙戟八十斤 魏誌云曹公帳下有典君提一雙戟八十斤

邢子昂語 魏志曰邢顒太祖辟爲冀州從事時人稱之

德行堂堂邢子昂

白鶴 王子年拾遺記曰曹洪與魏武帝所乘之馬名曰白鶴時人諺曰

憑空虛躍曹家白鶴

諺 傳子曰劉曄仕明皇帝能應變持兩端帝後得其情遂踈焉曄遂發狂憂死諺曰

巧詐不如拙誠

語 魏氏春秋宗室曹冏上書請廣建同姓褒異宗室撰合所聞聚論成敗引語曰

百足之蟲至死不僵 以扶之者衆也

鴻臚語魏略曰韓宣字景然爲大鴻臚始南陽曲阜韓暨以宿德在宣前爲大鴻臚及宣在官亦稱職故鴻臚中爲之語曰

大鴻臚小鴻臚前後治行相曷如

州中語魏略曰賈洪字叔業馮翊敬危材學最高故衆人爲之語曰

州中曄曄賈叔業辯論洶洶敬文通一作嚴苞字文通

京師語魏書鄧颺字玄茂歷遷侍中尚書颺爲人好貨前在内職許臧艾授以顯官艾以父妾與颺故京師爲之語曰

以官易富鄧玄茂

語任嘏別傳曰嘏樂安博昌人夙智早成故鄉人爲之語曰

蔣氏翁任氏童

楊阿若魏志注曰楊阿若後名豐字伯陽少遊俠常以報仇解怨爲事故時人爲之號

曰

東市相斫楊阿若西市相斫楊阿若

諺魏武選令曰諺曰云云昔季闓在白馬有受金取婢之罪棄而弗問後以爲濟北相以其能故

失晨之雞思補更鳴

諺曹植令曰諺云云夫相者文德昭將者武功烈

相門有相將門有將

諺梁祚魏國統曰王昶字文舒戒子書引諺曰云云

如不知足則失所欲

王世容政無雙省徭役盜賊空

彭子陽歌 吴錄曰彭循字子陽毗陵人建國二年海賊丁儀等萬人據吴太守秋君聞循勇謀以守令循與儀相見陳說利害應時散去民歌之曰

時歲倉卒賊縱橫大戟强弩不可當賴遇賢令彭子陽

謠

黄龍中童謠 周處風土記曰吴黄龍中童謠後孫權征公孫淵浮海乘船船白也

行白者君追汝句驪馬

孫亮初童謠 晉書五行志曰孫亮初童謠按揚子閣者反語石子堈也鉤絡鉤帶也及諸葛恪死果以葦席裹身篾束其腰投之石子堈後聽恪故吏收葬求之此堈云云

吁汝恪何若若蘆葦單衣篾鉤絡於何相求揚子閣 揚晉書作常

孫亮初白鼉鳴童謠晉書五行志曰吳孫亮初公安有白鼉鳴童謠按南郡城可長生者有急易以逃也明年諸葛恪敗弟融鎮公安亦見襲融刮金印龜服之而死鼉有鱗介甲兵之象也

白鼉鳴龜背平南郡城中可長生守死不去義無成

會稽謠吳書吳主亮被廢爲會稽王孫休即位三年會稽近謠言云云而亮宮人告亮使巫禱祠有惡言黜爲候官侯自殺

王亮當還爲天子

建業謠吳書孫休時張布與丁奉謀於會殺孫綝永安元年十二月丁卯建業中謠言云云戊辰臘會綝入見殺

明會有變

孫晧初童謠　文選補遺作揚州歌晉書五行志曰吳孫晧初童謠按晧尋遷都武昌民泝流供給咸怨毒焉按武昌記曰大帝築城江夏以程普爲太守遂欲都鄂州改爲武昌郡其民謠曰寧飲建業水不食武昌魚寧歸建業死不向武昌居繇是徙都建業則此又非孫晧初矣

寧飲建鄴水不食武昌魚寧還建業死不止武昌居

壽春童謠　江表傳曰初丹陽刁玄使蜀得司馬徽與劉廙論運命歷數事玄詐增其文以誑國人曰黃旗紫蓋見於東南終有天下者荆揚之君乎又得國中降人言壽春下有童謠云云孫晧聞之喜即載其母妻子及後宮數千人從牛渚陸道西上云青蓋入洛陽以順天命

吳天子當上

孫晧天紀中童謠晉書五行志曰吳孫晧天紀中童謠晉武帝聞之加王濬龍驤將軍及征吳江西衆軍無過者而王濬先定秣陵羊祜別傳曰先時吳童謠云云祜聞之曰此必水軍有功但當思應其名者耳即表濬爲龍驤將軍濬小字阿童

阿童復阿童銜刀游渡江不畏岸上虎但畏水中龍云

吳謠吳志曰周瑜少精意於音樂唯三爵之後其有闕誤瑜必知之知之必顧故時人謠

曲有誤周郎顧有一作復

諺

廣陵諺張勃吳錄曰陸稠字伯嬴爲廣陵太守姦吏斂手廣陵諺曰

解結理煩我國陸君

時人語高僧傳曰孫權已制江左而佛教未行有支謙者本月支人來遊漢境博覽經

籍莫不精究遍學異書通六國語其爲人細長黑瘦眼多白而睛黄時人爲之語曰

支郎眼中黄形驅雖細是智囊

異小兒言 晉書五行志曰孫休永安三年將守質子羣聚嬉戲有異小兒忽來言曰云云又曰我非人熒惑星也言畢上昇仰視若曳一匹練有頃沒于寶曰後四年而蜀亡六年而魏廢二十一年而吴平於是九服歸晉魏與吴蜀並戰國三公鋤司馬如之謂也

三公鋤司馬如

題門語 世説新語曰賀邵會稽山陰人歷散騎常侍出爲吴郡太守初不出門吴中諸强族輕之乃題府門云

會稽雞不能啼

賀聞故出行至門反顧索筆足之云於是至諸屯邸檢校諸顧陸役使官兵及藏逋亡悉

以事言上罪者甚衆陸抗時爲江陵都督故下請孫晧然後得釋

不可啼殺吳兒

孫晧時詩妖 晉書五行志曰孫晧遣使者祭石印山下妖祠使者因以丹書巖曰

云云晧聞之曰從大皇帝至朕四世太平之主非朕復誰恣虐踰甚尋以降亡近詩妖也

楚九州渚吳九州都揚州士作天子四世治太平矣

古樂苑卷第四十七終

古樂苑卷第四十八

西吴　梅鼎祚　補正
東越　吕胤昌　校閲

禖歌謠辭 晉 諸國附

歌

東晳歌 晉書曰東晳陽平元城人太康中郡界大旱晳爲邑人請雨三日而雨注衆爲作歌

東先生通神明請天三日甘雨零我黍以育我稷以生何以疇之報東長生 育一作萌

徐聖通歌 藝文列晉人中會稽典録曰徐弘字聖通爲汲陰令誅鉏姦桀道不拾遺民乃歌之

徐聖通政無雙平刑罰姦宄空

醇酒歌 拾遺記曰張華爲九醖酒以三薇漬麴蘖出西羌麴出北胡胡中有指星麥四月火星出麥熟穫之蘖用水漬麥三夕而萌芽雞鳴而用之俗呼爲雞鳴麥釀酒醇美久含令人齒動若大醉不叶笑搖蕩令人肝腸消爛俗人謂爲消腸酒或云醇酒可爲長宵之樂閭里歌曰

寧得醇酒消腸不與日月爭光

應詹歌 晉書曰王澄惠帝末爲荊州牧假應詹督南平天門武陵三郡軍事天下大亂詹境獨全百姓歌之

亂離既普殆爲灰朽僥倖之運賴茲應后歲寒不凋孤境獨守拯我塗炭惠隆丘阜潤同江海恩猶父母

幷州歌 見趙書樂府廣題曰晉汲桑清河貝丘人力能扛鼎殘忍少恩六月盛暑重裘累裀使十餘人扇之忽不清涼便斬扇者幷州大姓田蘭薄盛斬於平原士女慶賀奔走道路而歌

士爲將軍何可羞六月重茵被狐裘不識寒暑斷人頭

之

雄兒田蘭爲報讐中夜斬首謝幷州狐一作豹

襄陽兒童歌晉書曰山簡字季倫永嘉初爲南征將軍出鎮襄陽于時四方寇亂朝野危懼簡優游卒歲惟酒是耽諸習氏者荆土豪族有佳園池簡每出嬉遊多之池上置酒輒醉名之曰高陽池時有兒童歌曰

山公出何許往至高陽池日夕倒載歸酩酊無所知時時能騎馬倒着白接䍦舉鞭向葛彊何如幷州兒彊家在幷州簡愛將也

吳人歌晉書曰鄧攸元帝時爲吳郡太守刑政清明百姓歡悅後稱疾去百姓數千人留牽

攸船不得進攸乃少停夜中發去吳人歌之

紞如打五鼓鷄鳴天欲曙鄧侯挽不留謝令推不去

豫州歌 晉書曰祖逖元帝時爲豫州刺史躬自儉約督課農桑克己務施不畜資產子弟耕耘負擔樵薪又收葬枯骨爲之祭醱百姓感悅嘗置酒大會耆老中坐流涕曰吾等老矣更得父母死將何恨乃歌曰 祖逖別傳作童謠附後

幸哉遺黎免俘虜三辰既朗遇慈父玄酒忘勞甘瓠脯何以詠思歌且舞

幸哉遺民免豺虎三辰既朗遇慈父玄酒清醪甘瓠脯亦何報恩歌且舞

幸宣城歌 晉書陶汪咸康中爲宣城內史招隱逸廣學舍士民知嚮方者辟爲椽史百姓歌之

人當勤學得主簿誰復爲之陶明府

三明歌 中興書曰諸葛恢字道明避難過江與潁川荀道明陳留蔡道明譔俱有名譽號

曰中與三明時人歌之曰

京都三明各有名蔡氏儒雅荀葛清都一作師晉書作語

庾公歌二首晉書五行志曰庾亮初鎮武昌出至石頭百姓於岸上歌之後連徵不入及薨於鎮以喪還都葬皆如謠言

庾公上武昌翩翩如飛鳥庾公還揚州白馬牽旐旐

庾公初上時翩翩如飛鳥庾公還揚州白馬牽流蘇一作旒車

阿子聞歌晉書五行志曰穆帝升平中童兒輩忽歌於道曰阿子聞曲終輙云云無幾而帝崩太后哭之曰阿子汝聞不

阿子汝聞不

廉歌 晉書五行志曰升平末俗間忽作廉歌有扈謙者聞之曰廉者臨也歌云云內外悉臨國家其大諱乎少時而穆帝晏駕

白門廉宮庭廉

郗王歌 世說曰郗超王珣並以俊才爲桓大司馬所眷珣爲主簿超爲記室參軍超爲人多鬚珣形狀短小時人爲之歌曰

髯參軍短主簿能令公喜能令公怒 晉書作府中語

御路楊歌 晉書五行志曰晉海西公太和中民爲此歌白者金行馬者國族紫爲奪正之色明以紫間朱也海西公尋廢三子非海西公之子縊以馬韁死之明日南方獻甘露

青青御路楊白馬紫游韁汝非皇太子那得甘露漿

鳳皇歌 晉書五行志曰晉海西公生皇子百姓歌之其歌甚美其旨甚微海西公不男使左

右向龍輿內侍接生子以爲巳子一言桓温將廢海西使爲此歌

鳳皇生一雛天下莫不喜本言是馬駒今定成龍子

黃曇歌 晉書曰桓石民爲荆州鎮上明百姓忽歌曰黃曇子曲終又曰云云頃之而桓石民死王忱爲荆州黃曇子乃是王忱字也忱小字佛大是大佛來上明也

黃曇英揚州大佛來上明

歷陽歌 晉書五行志曰庾楷鎮歷陽百姓歌之後楷南奔桓玄爲玄所殺

重羅黎重羅黎使君南上無還時

樊氏陂歌 樊氏陂庾氏取之時人歌曰

陂汪汪下田良樊子失業庾公昌

桓玄時小兒歌 吳均續齊諧記曰桓玄簒位後朱雀門中忽見兩小兒通身如墨相

和作籠歌云云路邊小兒從而和之者數十人聲甚哀楚日既夕二小兒入建康縣至閤下遂成雙漆鼓槌明年春而桓敗車無軸倚孤木桓字也荆州送玄首用敗籠茵包之又芒繩束縛其屍沈諸江中悉如所歌焉

芒籠茵繩縛腹車無軸倚孤木

從者歌 續安帝紀曰司馬休之兄尚爲桓玄所敗休之奔淮泗頗得彼之人心從者爲之歌

可憐司馬公作性甚溫良憶昔水邊戲使我不能忘

懊儂歌 晉書五行志曰安帝隆安中百姓忽作懊儂之歌其曲曰云云尋而桓玄簒位義旗以三月二日埽定京都誅之玄之宮女及逆黨之家子女妓妾悉爲軍賞東及甌越北流淮泗皆人有所獲故言時則草可結事則女可擷也

草生可攬結女兒可攬擷

歌三首　晉書本傳曰嘉死之日人有隴上見之其所造三章歌讖事過皆驗金陵志曰初王子年著讖至安帝果爲劉氏所代　王嘉

帝諱昌明運當極特申一期延其息諸馬渡江百年中

當值卯金折其鋒

欲知其姓草肅肅穀中最細低頭熟鱗身甲體永興福

南史曰齊太祖高皇帝諱道成姓蕭氏未受命時王子年作此歌按穀中精細者稻也即道也熟猶成也

金刀利刃齊刈之　金刀劉字刈猶剪也

涼州大馬歌　晉書曰張軌永寧初爲涼州刺史王彌寇洛陽軌遣北宮純張纂馬魴陰濬等率州軍擊破之又敗劉聰于河東京師歌之曰

涼州大馬橫行天下涼州鴟苕寇賊消鴟苕翩翩怖殺

人

麴游歌 晉紀曰麴允金城人也與游氏世爲豪族西州爲之歌曰

麴與游牛羊不數頭南開朱門北望青樓 晉書作語

隴上歌 晉書載記曰劉曜圍陳安于隴城安敗南走陝中曜使將軍平先丘中伯率勁騎追安安與壯士十餘騎於陝中格戰安左手奮七尺大刀右手執丈八蛇矛近交則刀矛俱發輒害五六遠則雙帶鞬服左右馳射而走平先亦壯健絶人與安搏戰三交奪其蛇矛而退遂追斬于澗曲安善於撫綏吉凶夷險與衆同之及其死隴上爲之歌曜聞而嘉傷命樂府歌之

隴上壯士有陳安軀幹雖小腹中寬愛養壯士同心肝䯀驄父馬鐵鍛鞍七尺大刀奮如湍丈八蛇矛左右盤十盪十決無當前戰始三交失蛇矛棄我䯀驄竄巖幽

爲我外援而懸頭西流之水東流河一去不還奈子何隴上健兒曰陳安軀幹雖小腹中寬愛養壯士同心肝騄驄駿馬鐵鍛鞍七尺大刀配齊鏤丈八虵矛左右盤十盪十決無當前百騎俱出如雲浮追者千萬騎悠悠戰始三交失虵矛十騎俱盪九騎留棄我騄驄攀巖幽天非降雨追者休阿呵嗚呼奈子何嗚呼阿呵奈子何趙書曰劉曜討陳安於隴城安下小將多堅戍不下城內得安死力謡曰云云

與前小異

關隴歌拾遺作苻秦時童謠晉書曰苻堅時關隴清宴百姓豐樂自長安至於諸州皆夾路樹槐柳二十里一亭四十里一驛旅行者取給於途工商貿販於道百姓歌之崔鴻前秦錄曰

王猛化洽六州人移風變百姓歌之曰

長安大街夾樹楊槐下走朱輪上有鸞栖英彥雲集誨我萌黎

苻秦鳳皇歌 崔鴻前秦錄曰永興三年九月鳳皇翔于東郊民因歌之

鳳皇于飛其羽翼翼淵哉聖后饗齡萬億 一作翙我聖后其齡萬億

苻堅時長安歌 晉書載記曰苻堅既滅燕慕容沖姊爲清河公主年十四有殊色堅納之寵冠後庭沖年十二亦有龍陽之姿堅又幸之姊弟專寵宮人莫進長安歌之咸懼爲亂王猛切諫堅乃出沖後竟爲沖所敗

一雌復一雄雙飛入紫宮 此本漢紫宮諺

索稜歌 崔鴻十六國春秋前秦錄曰索稜字子孟則燉煌人好學博聞姚萇甚重之委以機密

文章詔檄以皆稜之文也後爲平原
太守以德化民民畏而愛之歌曰

懿矣明守庶績允釐剖符作宰實獲我思

謠

泰始中謠 晉書曰泰始中人爲賈充
等謠言亡魏而成晉也

賈裴王亂紀綱王裴賈濟天下 賈充裴
秀王沈

南土謠 晉書曰杜預都督荆州舊水道惟沔漢達
江陵千數百里無通路又巴丘湖沅湘之
會表裏山川實爲險固荆蠻之所恃也預乃開
楊口起夏口水道洪洞達巴陵千餘里內瀉長
江之險外通零桂之
漕南土美而謠曰

後世無叛由杜翁孰識智名與勇功

軍中謠 晉書曰杜預遣周旨伍巢等伏兵樂鄉城
外孫歆遣軍出拒旨等發伏兵隨歆軍而
入直至帳下虜歆而
還故軍中爲之謠曰

以計代戰一當萬

閣道謠晉書曰滿岳才名冠世爲衆所疾泰始十年出爲河陽令而鬱鬱不得志時尚書僕射山濤領吏部王濟裴楷等並爲帝所親遇岳内非之乃題閣道爲謠

閣道東有大牛王濟鞅裴楷鞧和嶠刺促不得休

閣東有大牛和嶠鞅裴楷鞦王濟剔嬲不得休世說曰山公以器重朝望年踰七十猶知管時任貴勝年少若和裴王之徒並共宗詠有署閣柱云云或云潘尼作之竹林七賢論曰濤之處選非望路絶故貽是言

蜀民謠許遜晉武帝太康初爲蜀郡旌陽縣令屬歲大疫歿者十七八遜以所授神方拯治之符呪所及登時而愈蜀民爲之謠曰

人無盜竊吏無奸欺我君活人病無能爲

童謠晉書曰石苞既定壽春以威惠服物淮南監軍王琛輕苞素微又聞童謠因是密表苞與吳人交通

宮中大馬幾作驢大石壓之不得舒

武帝平吳後童謠三首宋書五行志曰武帝太康後江南童謠于時吳人皆謂在孫氏子孫故竊發爲亂者相繼按橫目者四字自吳亾至晉元帝興幾四十年皆如童謠之言元帝懦而少斷局縮肉直斥之也

局縮肉數橫目中國當敗吳當復

宮門柱且莫朽吳當復在三十年後

雞鳴不拊翼吳復不用力

惠帝時兒童謠襄陽耆舊傳曰晉惠帝即位兒童謡曰云云又河内溫縣有人如狂

造書曰云云楊濟以問蒯欽欽垂泣曰皇太后諱季蘭兩火武皇帝諱炎字也此言武皇崩而太皇失尊稱太禍厚終始不以道不得附山陵乃歸於非所也及太后之見滅葬於街郵亭皆如其言晉書志曰楊駿居內府以戟爲衛死時又爲戟所害傷楊后被廢賈后絕其膳八日而崩崩葬街郵亭百姓哀之也

兩火沒地哀哉秋蘭歸形街郵終爲人歎晉書並作溫縣狂書

溫縣狂書

光光文長以戟爲墻毒藥雖行戟還自傷以一作大雖一作即戟一作刃

惠帝永熙中童謠晉書五行志曰惠帝永熙中童謠時楊駿專權楚王用事故言荆筆楊版二人不誅則君臣禮悖故云幾作驢也

二月末三月初荆筆楊版行詔書宫中大馬幾作驢大一

作人王隱晉書云二月盡三月初桑生[redacted]雪柳葉舒下同

惠帝元康中京洛童謡二首晉書五行志曰惠帝元康中京洛童謡南風賈后字也白晉行也沙門太子小字也魯賈謐國也言賈后將與謐爲亂以危太子而趙王因釁咀嚼豪賢以成篡奪不得其死之應也

南風起兮吹白沙遥望魯國何嵯峨千歲髑髏生齒牙一無兮字

南風烈烈吹黄沙遥望魯國鬱嵯峨前至三月滅汝家賈后傳有此謡與五行志所載不同其後賈謐既誅賈后尋亦廢死宋書五行志是時愍懷頽失衆望卒以廢黜不得其死焉

城東馬子莫嚨哅比至來年纏汝鬉

東宮馬子莫聾空前至臘月纏汝鬉愍懷太子傳紀此謡

惠帝大安中童謡晉書五行志曰晉惠帝大安中童謡其後中原大亂宗藩多絶唯瑯琊汝南西陽南頓彭城同至江東而元帝嗣統矣

五馬浮渡江一馬化爲龍浮宋書作游

元康中童謡晉書五行志曰元康中天下商農通著大鄣日時童謡曰云云及趙王倫簒位其目實眇焉

屠蘇鄣日覆兩耳當見瞎兒作天子

元康中洛中童謡晉書五行志曰晉元康中趙王倫既簒洛中有童謡數月而齊王成都河間義兵同會誅倫按成都西藩而在鄴故曰虎從北來齊東藩而在許故曰龍從南

來河間水區而在關中故曰水從西來齊留
輔政居于宮西有無君之心故曰登城看也

虎從北來鼻頭汗龍從南來登城看水從西來河灌灌

著布謠 晉書曰齊王冏字景治趙王倫篡位冏起義兵誅之拜大司馬加九錫政皆決之而恣用羣小不復朝覲時人謠曰云云遂爲長沙王所誅

著布袙腹爲齊持服

洛下謠 晉書曰長沙王乂武帝第六子也三王舉義乂率國應之後見冏專權奉天子攻冏斬之河間王顒與成都王穎同伐京師詔以乂爲大都督以距顒相持數月東海王越慮事不濟潛收乂送金墉城密告張方方遣兵就金墉收乂炙殺之初乂執權之始洛下謠曰云云以正月二十五日廢後二日死如謠言

草木萌牙殺長沙

惠帝時洛陽童謠 晉書曰惠帝時洛陽童謠明年而胡賊石勒劉羽反

鄴中女子莫千妖前至三月抱胡腰

蜀郡童謠 元康二年正月歛一夜有火光地仍震童謠曰

郫城堅盎底穿郫中細子李特細

又

江橋頭闕下市成都北門十八字

又 及羅尚在巴郡也又曰 尚梁州刺史

巴郡葛當下美巴郡 字疑有悞

又 皮素之西上也又曰 素益州刺史

有客有客來侵門陌其氣欲索

蜀人謠二首晉書曰羅尚字敬之一名仲太康末爲荊州刺史及趙廞反于蜀乃假尚節爲平西將軍益州刺史尚性貪少斷蜀人謠曰

尚之所愛非邪則佞尚之所憎非忠則正富擬魯衛家成市里貪如豺狼無復極已晉書作蜀人言曰

蜀賊尚可羅尚殺我

懷帝永嘉初童謠晉書五行志曰司馬越還洛時童謠也按列傳越既與苟晞構怨尋詔越爲丞相領兗州牧督兗豫司冀幽并六州越辭丞相不受自許遷于鄄城移屯濮陽又遷于滎陽後自滎陽還洛懷帝紀曰永嘉三年三月丁巳東海王越歸京師是也

洛中大鼠長尺二若不早去天狗至天宋書作大

同前晉書五行志曰苟晞將破汲桑時有此謠司馬越由是惡晞奪其兗州隙難遂構焉按列

傳東海孝獻王越字元超懷帝永嘉初出鎮許昌自許昌率苟晞及冀州刺史丁邵討汲桑破之越還于許長史潘滔說之曰兖州天下樞要公宜自牧乃轉苟晞爲青州刺史由是與晞有隙

元超兄弟大洛度上桑打椹爲苟作

王彭祖謠晉書曰王浚永嘉中進大司馬侍中大都督督幽冀諸軍事會京洛傾覆浚大樹威令專權横恣時童謠曰

幽州城門似藏戶中有伏尸王彭祖有狐踞府門翟雉入聽事

棗郎謠晃王浚傳棗嵩浚之子婿浚聞責嵩而不能罪之也

十囊五囊入棗郎

愍帝初童謡晉書五行志曰愍帝初童謡至建興四年帝降劉曜在城東豆田壁中

天子何在豆田中一作天子在何許近在豆田中王浚在幽州以豆有藿殺隱于霍原

建興中江南謡晉書五行志曰建興中江南謡歌按白者晉行坑器有口屬瓮瓨瓮質剛亦金之類也訇如白坑破者言二都傾覆王室大壞也合集持作甂者元帝鳩集遺餘以主社稷未能尅復中原但偏王江南故其喻也及石頭之事六軍大潰兵人抄掠京邑爰及二宮其後三年錢鳳復攻京邑阻水而守相持月餘日焚燒城邑井堙木刊矣鳳等敗退沈充將其黨還吳興官軍踵之蹈藉郡縣充父子授首黨與誅者以百數所謂揚州破換敗吳興覆甂甋甂甋甂瓨器又小於甂也

訇如白坑破合集持作甂揚州破換敗吳興覆甂甋訇呼宏反坑宋書作阬甂音武甂音部甋盧斗反

童謠晉書曰溫嶠滅王敦先是童謠云云以爲賊如韭柳尋得復生也

剪韭剪韭斷楊柳河東小子令我與子

明帝太寧初童謠晉書五行志曰明帝太寧初童謠及明帝崩成帝幼爲蘇峻所逼遷于石頭御膳不足此大馬死小馬餓也高山峻也言峻尋死石峻弟蘇石也峻死後石據石頭尋爲諸公所破是亦山崩石破之應也

惻惻力力放馬山側大馬死小馬餓高山崩石自破

成帝末童謠晉書五行志曰成帝之末童謠少日而宮車晏駕

礚礚何隆隆駕車入梓宮

咸康二年童謠晉書五行志曰咸康二年十二月河北謠言後如其言

麥入土殺石虎晉起居注作麥如土虎晉書作武

吳中童謠宋書五行志曰晉庾義在吳郡時吳中童謠無幾而庾義王洽相繼亾按晉史穆帝時庾羲爲吳興內史王洽爲吳郡內史徵拜領軍後皆卒於官義疑即羲也

寧食下湖荇不食湖上蕣庾吳沒命喪復殺王領軍

哀帝隆和初童謠晉書五行志曰哀帝隆和初童謠朝廷聞而惡之改年曰興寧民復歌曰云云哀帝尋崩升平五年而穆帝崩不滿斗不至十年也

升平不滿斗隆和那得久桓公入石頭陛下徒跣走

雖復改興寧亦復無聊生

太和末童謠晉書五行志曰太和末童謠及海西公被廢百姓耕其門以種小麥

犂牛耕御路白門種小麥

京口民間謠二首晉書五行志曰王恭在京口民間忽有此謠按黃字上恭字頭也小

字恭字下也尋如謠言

黃頭小兒欲作賊阿公在城下指縛得

黃頭小人欲作亂賴得金刀作蕃扞

京口謠 晉書五行志曰王恭鎮京口誅王國寶百姓爲此謠按昔年食白飯言得志也今年食麥麩麥麩麤穢其精已去明將敗也天公將加譴謫而誅之也捻嚨喉氣不通死之祥也敗復敗丁寧之辭也恭尋死京都人行咳疾而喉並喝焉

昔年食白飯今年食麥麩天公誅謫汝教汝捻嚨喉嚨喉喝復喝京口敗復敗

孝武帝太元末京口謠 晉書五行志曰孝武帝太元末京口謠尋王恭起兵誅王國寶旋爲劉牢之所敗故言拉颯棲也

黃雌雞莫作雄父啼一旦去毛衣衣被拉颯棲

荆州童謠晉書五行志曰殷仲堪在荆州時童謠未幾而仲堪敗桓玄遂有荆州

芒籠目繩縛腹殷當敗桓當復桓玄時小兒歌首二句同

安帝元興初童謠宋書五行志曰晉桓玄既篡有此童謠及玄敗走至江陵五月中誅如其期焉安帝紀桓玄篡位在安帝元興二年十二月也

草生及馬腹烏啄桓玄目

民謠志曰時又有民謠云征鍾至穢之服桓四體之下稱玄自下居上猶征鍾之厠歌謠下體之詠民口也而云落地墜地之祥迸走之言其驗明矣

征鐘落地桓迸走

安帝元興中童謠宋書五行志曰晉安帝元興中桓玄既得志而有童謠及玄敗

走諸桓悉誅馬郎君司馬元顯也

長干巷巷長干今年殺郎君明年斬諸桓此歌亦見晉書桓玄傳明字作後

司馬元顯時民謠二首宋書五行志曰司馬元顯時民謠詩此詩云襄陽道人竺曇林所作多所道行於世孟顗釋之曰十一口者玄字象也木亘桓也桓氏當悉走入關洛故云浩浩鄉也金刀劉也倡義諸公多姓劉娓娓美盛貌也

當有十一口當爲兵所傷木亘當北度走入浩浩鄉

金刀旣以刻娓娓金城中

安帝義熙初童謠晉書五行志曰安帝義熙初童謠時官養盧龍寵以金紫奉以名州養之已極而龍不能懷我好音舉兵內伐遂成讐敵也及敗斬伐其黨如草木之成積焉

按列傳盧循小字元龍元興二年寇廣州逐刺史吳隱之攝州事號平南將軍安帝乃假循征虜將軍廣州刺史義熙中劉裕討破循于豫章循走交州爲刺史杜慧度所殺

官家養蘆化成荻蘆生不止自成積

安帝義熙初謠 二首晉書五行志曰盧龍據有廣州民間有謠云云後擁上流數州之地內逼京輦應天半之言時復有謠言云云龍後果敗不得入石頭

蘆生漫漫竟天半

蘆橙橙逐水流東風忽如起那得入石頭

永嘉中長安謠 晉書曰張寔軌之子也軌卒授寔涼州刺史進大都督劉曜逼遷天子寔遣太府司馬韓璞東赴國難璞次南安諸羌斷軍路寔擊破之斬級數千時焦崧陳安寇隴右東與劉曜相持雍秦之人死者十八九初永嘉中長安語曰云云至是驗矣

秦川中血沒腕唯有涼州倚柱觀腕一作踠觀一作看

西土謠晉書曰張茂寔之弟太興三年寔既遇害州人推茂平西將軍涼州牧涼州大姓賈摹寔之妻弟也勢傾西土先是謠曰云云茂以爲信誘而殺之於是豪右屏迹威行涼域

手莫頭圖涼州

姑臧謠晉書曰張駿寔之子茂卒駿嗣位大都督大將軍涼州牧西平公駿之立也姑臧謠曰云云至是而收復河南之地

鴻從南來雀不驚誰謂孤雛尾翅生高舉六翮鳳皇鳴

張冲謠崔鴻前涼錄曰張冲字長思燉煌人家財巨萬施之鄉閭時人爲之謠曰

推財不疑張長思

麗世謠趙書曰燕人麗世爲光祿勳奏案豪強苛刻人物咸懼疾之及卒門無弔客時人爲

之謡曰

麗家之巷車馬鱗鱗泥丸之日無弔賓弔賓不來何所因由性苛尅寡所親

張樓謡崔鴻後趙錄曰張樓爲臨水長嚴政酷刑殘忍無惠人謡之曰

陽平張樓頭如箱見人切齒劇虎狼

洪水謡亦見崔鴻前秦錄晉書曰苻洪字廣世畧陽臨渭氐人也先是隴右大雨百姓苦之謡曰云云故因名洪自稱大單于三秦王死僞謚惠武帝

雨若不止洪水必起

苻生時長安謡二首晉書曰苻生洪之孫嗣父健位僭稱帝初生夢大魚食蒲又長安謡曰云云東海苻堅封也時爲龍驤將軍第在洛門之東生不知是堅以謡言之故誅其侍

中魚遵及其子孫時又謠曰云云於是悉壞空城以禳之

東海大魚化爲龍男便爲王女爲公問在何所洛門東

百里望空城鬱鬱何青青瞎兒不知法仰不見天星生闕一目

苻堅時長安謠晉書載記曰苻堅時長安有此謠堅以鳳皇非梧桐不棲非竹實不食乃植桐竹數十萬株于阿房城以待之沖小字鳳皇至是終爲堅賊入止阿房城焉

鳳皇鳳皇止阿房

苻堅時長安謠晉書曰秦之末亂也長安謠曰云云秦人呼鮮卑爲白虜慕容垂之起于關東歲在癸未

長鞘馬鞭擊左股太歲南行當復虜宿攸一作何避

苻堅初童謠 晉書五行志及堅敗於淝水爲姚萇所殺在僞位凡三十年

阿堅連牽三十年後若欲敗時當在江湖邊 傳作江淮間

苻堅時童謠 晉書載記曰苻堅彊盛之時國有童謠云云堅聞而惡之每征伐戒軍候云地有名新城者避之後因壽陽之敗其國大亂竟死於新城佛寺

河水清復清苻詔死新城 復一作且秦人稱其君曰詔

鮮卑謠 晉書五行志曰時復有謠歌云識者以爲魚羊鮮也田斗卑也堅自號秦言滅之者鮮卑矣其羣臣諫堅令盡誅鮮卑堅不從及淮南初爲慕容沖所攻又爲姚萇所殺身死國滅

鮮卑田斗當滅秦

國中謠 晉書桓豁聞苻堅國中謠有子二十人皆名石應之及堅敗淝水謝石爲都督

誰謂爾堅石打碎

謠言 魏書苻堅南伐至項城弟陽平公融攻壽春克之馳使白堅宜速進軍堅捨大軍於項城兼道赴之遂大敗單騎遁還淮北初謠言曰云云羣臣勸堅停項爲六軍聲鎮堅不從

堅不出項

將謠 魏書姚萇與慕容沖合攻苻堅於長安先是謠曰云云堅大信之至五將山姚萇執而縊殺之

堅入五將山萇得

朔馬謠 晉書苻堅故將呂光僭即三河王位光徙西海郡人於諸郡謠曰云云復徙之西河

朔馬心何悲念舊中心勞燕雀何徘徊意欲還故巢

關東謠 晉書初關東謠曰云云欸慕容垂之本名與苻丕相持經年百姓死幾絕

幽州欸生當滅若不滅百姓絕

燕童謡 晉書曰慕容熙爲政暴虐其將馮跋張興皆坐事奔亾結盟推慕容雲爲主因熙出城閉門距守熙夜至龍城攻北門不尅爲雲所執弑之時義熙二年也初童謡曰云云藁字上有草下有禾兩頭然則禾草俱盡而成髙字雲父名拔小字禿頭三子而雲季也熙竟爲雲所滅

一束藁兩頭然禿頭小兒來滅燕

大風謡 晉書載記曰慕容寶嗣位以慕容德爲都督冀兗六州諸軍事鎮鄴會魏師入中山寶出奔于薊時有謡曰云云於是德之羣臣勸德僭號稱元

大風蓬勃揚塵埃八井三刀卒起來四海鼎沸中山頽惟有德人據三臺

諺

王公語 王珝別傳曰晉受禪時廊廟之士莫不歡容而珝色不加怡時人爲之語曰

王公悢悢有送故之情也

裴秀語 虞預晉書曰秀字季彥河東聞喜人父潛魏太常秀有風操八歲能著文叔父徽有聲名秀年十餘歲有賓客詣徽出則過秀時人爲之語曰

後進領袖有裴秀 進一作來

石仲容 晉書曰石苞字仲容渤海南皮人也雅曠有知局容儀偉麗故時人爲之語曰

石仲容姣無雙

渤海 晉書曰歐陽建字堅石世爲冀方頑族雅有理思才藻美贍擅名北州人爲之語曰

渤海赫赫歐陽堅石

劉功曹 王隱晉書曰劉毅字仲雄僑居平陽太守杜恕逼迫舉毅爲功曹月餘日沙汰郡吏百餘人三魏稱焉爲之語曰

但聞劉功曹不聞杜府君

諺晉書陳留相樂安孫尹表曰劉毅前爲司隷直法不撓當朝之臣多所按劾諺曰

受堯之誅不能稱堯

語晉書劉頌字子雅廣陵人漢廣陵厲王胥之後也世爲名族同郡有雷蔣穀魯四姓皆出其下時人爲之語曰

雷蔣穀魯劉最爲祖

崔左丞語晉書曰崔洪字伯良博陵安平人以清厲顯名武帝世爲御史治書朝廷憚之尋爲尚書左丞時人爲之語曰

叢生棘刺來自博陵在南爲鷂在北爲鷹舊作歌

諺晉書元康之後魯褒傷時貪鄙乃著錢神論引諺曰

錢無耳可闇使　成公綏亦有錢神論引諺曰錢無耳可使鬼

貂不足　晉書曰趙王倫僭位諸黨皆登卿相並列大封其餘同謀者咸超階越序不可勝紀至於奴卒厮役亦加爵位每朝會貂蟬盈坐時人諺曰

貂不足狗尾續

四部司馬　魏畧曰成都王穎伐長沙王乂募免奴爲軍自稱四部司馬市郭人素謬語奴爲尚故里語曰

三部司馬階下兵四部司馬尚長明欲知太平須石鼈鳴

江應元　晉書曰江統字應元陳留圉人也靜默有遠志時人爲之語曰

嶷然稀言江應元

二王 晉書羊祜傳曰王衍嘗詣祜陳事辭甚俊辨祜不然之衍拂衣而起祜顧謂賓客曰王夷甫方以盛名處大位然敗俗傷化必此人也步闡之役祜以軍法將斬王戎故戎衍並憾之每言論多毀祜時人爲之語曰

二王當國羊公無德

衛玠 晉書曰瑯琊王澄有高名少所推服每聞衛玠言輒歎息絕倒故時人爲之語曰

衛玠談道平子絕倒 玠別傳前後三聞爲之三倒時人語曰衛君談道平子三倒

慶孫越石 晉書曰劉輿字慶孫雋朗有才局與弟琨名著當時京都爲之語曰

洛中奕奕慶孫越石 越石琨字

洛中諺 二首

洛中雅雅有三嘏 世説曰劉粹字純嘏宏字終嘏漢字冲嘏是親兄弟王安豐甥並是王安

豐女壻宏真長祖也

洛中錚錚馮惠卿 惠卿名蓀是播子蓀與邢喬俱司徒李胤外孫及胤子順並知名時稱馮才清李才明純粹邢

洛中英英荀道明 晉書曰荀闓字道明有名稱京都爲之語英英晉中興書作奕奕

王與馬 晉書曰元帝以王敦爲揚州刺史加廣武將軍尋進左將軍都督征討諸軍事假節帝初鎮江東威名未著敦與從弟導同心翼戴以隆中興時人爲之語曰

王與馬共天下

幼輿語 晉書列傳曰謝鯤字幼輿通簡有高識任達不拘鄰家高氏女有美色鯤嘗挑之女投梭折其兩齒時人爲之語曰云云鯤聞之傲然長嘯曰猶不廢我嘯歌

任達不已幼輿折齒

郗王語晉書曰王坦之字文度弱冠與郗超俱有重名時人爲之語曰云云嘉賓超小字也

盛德絶倫郗嘉賓江東獨歩王文度一作揚州獨歩王文度後來出人郗嘉賓

大才槃槃謝家安江東獨歩王文度盛德日新郗嘉賓

王羊語沈約云云羊十敬元尤長隷書子敬之後可以獨歩時人語曰敬元羊欣字

買王得羊不失所望

王僧珍晉書曰王珉字季琰少有才藝善行書與兄珣並有名聲出珣右故時人爲之語曰

法護非不佳僧珍難爲兄法護珣小字僧珍珉小字

殷徃嗣殷典通語曰殷禮字徃嗣七歲就官學書在師未嘗戲弄行在舟車手不釋卷從曲阿徃返遂不知隄瀆廣狹及行旅喧鬧時人語曰

奇才强記殷徃嗣

諺 晉書凉從事中郎張顯上疏諫後主歆引諺曰云云今狐上南門亦災之大也又狐者胡也天意若曰將有胡人居於此城南面而居者也

野獸入家主人將去

五龍一門 崔鴻前凉錄曰辛攀字懷遠隴西狄道人父奭尚書郎兄鑒曠弟寶迅皆以才識知名秦雍爲之語曰

五龍一門金友玉昆

長安語 魏書初堅之末亂也關中土然無火而煙氣大起方數十里月餘不滅堅每臨聽訟觀令民有怨者舉煙於城北觀而錄之長安爲之語曰

欲得必存當舉煙

二梁 崔鴻前秦錄曰梁讜字伯言博學有雋才與弟熈俱以文藻清麗見重一時人爲之語曰

闕東堂二申兩房未若一梁瓌文綺章

苻雅語 秦書曰尚書令苻雅爲人樂施乞人塡門嘗曰天下物何常吾今日富後日貧耳忽一日不施則意不泰時人爲之語曰

不爲權貴富寧作苻雅貧

五樓 晉書載記曰慕容越時公孫五樓爲侍中尚書專總朝政王公內外無不憚之尚書都令史王儼諂事五樓遷尚書郎出爲濟南太守入爲尚書左丞時人爲之語曰

欲得侯事五樓

太保語 崔洪蜀李雄錄曰雄異母兄始字伯敬爲太保善撫士衆衆多歸之時人爲之語曰

欲養老屬太保

書版語 蜀書咸熙二年夏巴郡文立從洛陽還蜀見譙周周語次因書版示立曰云云典午

者謂司馬也月酉者謂八月也至八月而文王果崩

典午忽兮月酉沒兮

讖晉書初元明世郭璞爲讖曰云云謂成帝有子而以國祚傳弟

君非無嗣兄弟代禪

又

有人姓李兒專征戰譬如車軸脫在一面兒者子也李去子木存車去軸爲亘合成桓字也

又

爾來爾來河內大縣爾來謂自爾已來爲元始溫字元子也故河內大縣溫也成康既崩桓氏始大故連言之

又

賴子之薨延我國祚痛子之隕皇運其暮二子者元子道子也温志在簒奪事未成而死幸之也會稽王道子雖首亂晉國而其死亦晉衰之由也故云痛也

父老書魏書世祖以沮遜牧犍在凉州雖稱蕃致貢而內多乖戾於是親征城敗釋之初太延城中有一父老投書於敦煌城東門忽然不見其書一紙八字文曰云云又於震電之所得石丹書曰云云牧犍立果七年而滅

凉王三十年若七年

河西河西三十年破帶石樂七年帶石山名在姑臧南山祀傍

玉版文晉書慕容儁以永和八年僭即皇帝位初石季龍使人探策於華山得玉版文云云及此燕人咸以爲儁之應也

歲在申酉不絕如綫歲在壬子真人乃見

讖文 晉書姚興太史令高魯遣其甥王景暉送玉璽一紐并圖讖秘文與慕容德羣臣因勸德即尊號

有德者昌無德者亾德受天命柔而復剛

譙周讖 魏書賨人李特與弟流據蜀自稱大都督特少子雄僭稱帝傳至勢爲晉桓溫所滅先是譙周云我死後三十年當有異人入蜀由之而亡蜀亡之歲去周亡三十二年周又著讖曰云云卒如其言

廣漢城北有大賊曰流曰特攻難得歲在玄宮自相尅

時人語 高僧傳曰釋道溫姓皇甫安定朝那人高士謐之後也年十六入盧山依遠公受學大明中勑爲都邑僧主累當講任稟位之賓崇委相屬精勤導物數感神異帝悅之賜錢五十

禹時人爲之語曰　按大明是宋孝武帝詩紀附晉疑悞

帝王傾財溫公率則上天懷感神靈降德

時人語又曰釋慧靜姓王東阿人少游學伊洛之間晩歷徐兗容甚黑而識悟清遠時洛中有沙門道經亦解邁當世與靜齊名而耳甚長大故時人語曰

洛下長大耳東阿黑如墨有問無不酬有酬無不答詩紀

附晉

古樂苑卷第四十八終

古樂苑卷第四十九

西吳 梅鼎祚 補正
東越 吕胤昌 校閱

襍歌謡辭 諺語附

南北朝

宋

歌

檀道濟歌 異苑曰檀道濟元嘉中鎮尋陽十二年入朝與家分別顧瞻城闕歔欷逾深識者是知道濟之不南旋也故時人爲其歌以十三年三月伏誅

主人作死別荼毒當奈何

宋人歌 檀道濟宋之良將有威名爲敵所畏宋主疑而殺之時人哀而作歌曰

可憐白浮鳩枉殺檀江州

謠

跋扈謠 宋書武帝紀曰諸葛長人貪淫驕縱帝每優容之劉毅既誅長人懼禍及將謀作亂帝自江陵還長人到門引前却人閑語帝已密命左右丁旿自幔後於坐拉焉死牀側輿屍付廷尉旿驍勇有力時人語曰

勿跋扈付丁旿

謝靈運謠 宋書五行志曰陳郡謝靈運有逸才每出入自扶接者常數人民間謠曰

四人挈衣裾三人捉坐席

元嘉中魏地童謠 南史曰宋元嘉二十七年魏太武帝圍汝南戍文帝遣臧質北救至盱眙太武已過淮自廣陵返攻攻盱眙就質求酒質封溲便與之且報書云不聞童謠言邪虜馬飲江水佛狸死卯年冥期使然非復人事爾智識乃衆豈能勝苻堅邪頃年展爾陸梁者是爾未飲江太歲未卯耳時魏地有童謠故質引之云

軺車北來如穿雉不意虜馬飲江水虜主北歸石濟死
虜欲渡江天不徙

大明中謠 南史曰大明中有奚顯度者爲員外散騎侍郎孝武嘗使主領人功而苛虐無道動加棰撻暑雨寒雪不聽暫休人不堪命時建康縣考囚或用方材壓額及踝脛故民間有此謠又相戲易反顧付奚度其暴酷如此

寧得建康壓額不能受奚度拍

王張謠 南史曰明帝以王景文外戚貴盛張永累經軍旅疑其將來難信乃自爲謠言

一士不可親弓長射殺人

泰始中童謠 南齊書五行志曰明帝殺建安王休仁蘇侃云後從帝自東城即位

東城出天子 武進縣上所居東城里也

禾絹謠南史曰宋明帝時阮佃夫楊運長王道隆皆擅威權言爲詔敕郡守令長一缺十除内外混然官以賄命王阮家富於宮室中書舍人胡母顥專權奏無不可時人語曰云云禾絹謂上也

禾絹閉眼諾胡母大張槖

元徽中童謠齊書五行志曰元徽中童謠後沈攸之反雍州刺史張敬兒襲江陵殺攸之子元琰等

襄陽白銅蹄郎殺荊州兒

童謠南史曰齊高帝輔政袁粲劉彥節王蘊等皆不同而沈攸之又稱兵反粲蘊雖敗攸之尚存卞彬意猶以高帝事無所成乃謂帝曰比聞謠云云公頗聞不時蘊居父憂與粲同死故云尸著服也服衣也孝子不在日代哭者褚子也彬謂沈攸之得志褚彥回當敗

故言哭也列管謂簫也高帝不悦及彬退曰彬自作此

可憐可念尸著服孝子不在日代哭列管暫鳴死滅族

宋時謠 南史曰宋時用人乖實有謠云通典齊梁之末多以貴遊子弟爲之當時諺曰

上車不落爲著作體中何如作秘書 隋書作梁世諺爲字一並作則

諺語 南史入關之功鎮惡爲首沈田子與鎮惡爭功武帝將歸留田子與鎮惡私謂田子語曰云云卿等十餘人何懼王鎮惡故二人常有猜心

猛獸不如羣狐

京邑語 宋書成安公何勗臨汝公孟靈休並各奢豪以肴膳器服車馬相尚京邑語曰

安成食臨汝飾

諺 宋書顏延之爲庭誥之文引諺曰

富則盛貧則病

顏竣 宋書曰顏竣爲吏部尚書留心選舉任遇既隆奏無不可後謝莊代竣意多不行竣容貌嚴毅莊風姿甚美賓客喧訴常懽笑答之時人語曰

顏竣嗔而與人官謝莊笑而不與人官

將士語 宋書王玄謨傳曰玄謨性嚴剋少恩而將軍宗越御下更苛酷軍士爲之語曰

寧作五年徒不逢王玄謨玄謨猶自可宗越更殺我

闘場語 南史曰有惠嚴惠議道人並住東安寺學行精整爲道俗所推時闘場寺多禪師都下爲之語曰

闘場禪師窟東安談議林

石城語 南史曰袁粲謀舉兵誅齊高帝褚淵發其謀粲兵敗遇害淵獨輔政百姓語曰

可憐石頭城寧爲袁粲死不作褚淵生南史本傳褚淵作彦回

二王語南史曰宋德既衰齊高帝輔政朝野之人情懷彼此吏部尚書王延之尚書令王僧虔中立無所去就時人語曰

二王居平不送不迎居齊書作持

王遠蕭子顯齊書曰王孫祐父遠爲光祿勳宋世爲之語曰

王遠如屏風屈曲從俗能蔽風露

讖南史宋武帝紀雍州刺史魯宗之負力好亂且慮不爲帝容常爲讖曰云云

魚登日輔帝室

讖宋書符瑞志

二口建戈不能方兩金相刻凝神鋒空穴無主奇入中

女子獨立又爲雙老子河洛讖二口建戈劉字也晉氏金行劉姓又有金故曰兩金相刻空穴無主奇入中爲寄字女子獨立又爲雙奴字按宋武帝姓劉小字寄奴

上五盡寄致太平草付合成集羣英劉向讖武帝小諱寄奴太子諱義符

金雌詩

大火有心水抱之悠悠百年是其時火宋之分野水宋之德也

云出而雨漸欲舉短如之何乃相蛆交哉亂也當何所

唯有隱巖殖禾黍西南之朋困桓父兩云玄字也短者云胙短也巖隱不見爲應見谷殖禾黍邊則聖諱炳明也易曰西南得朋故能困桓父也武帝名裕起兵討桓玄誅之

齊

歌

永明初歌齊書五行志曰永明初百姓歌後句閼云陶郎來白者金色馬者兵事三

年妖賊唐寓之起言唐來勞也

白馬向城啼欲得城邊草

東昏時百姓歌 金陵志曰齊東昏侯即臺城閱武堂爲芳樂苑山石皆塗以彩色跨池水立紫閣諸樓觀又於苑中立店肆以潘妃爲市令于時百姓歌云

閱武堂種楊柳至尊屠肉潘妃沽酒

蘇小小歌 一曰錢塘蘇小小歌樂府廣題曰蘇小小錢塘名倡也蓋南齊時人西陵在錢塘江之西歌云西陵松柏下是也

妾乘油壁車郎騎青驄馬何處結同心西陵松柏下

謠

永明中虜中童謡 南齊書五行志曰尋而京師人家忽生火赤於常火熱小微貴賤爭取以治病後梁以火德興

黑水流北赤火入齊南史載魏地謠言云赤火南流喪南國是歲有沙門從北齎此火而至

永元元年童謠齊書五行志曰永元元年童謠千里流者江祏也東城遥光也遥光夜舉事垣歷生者烏皮袴褶往奔之跛脚亦遥光老姥子孝字之象徐孝嗣也

洋洋千里流流𡙡東城頭烏馬烏皮袴三更相告訴脚跛不得起誤殺老姥子

永元中童謠齊五行志曰永元中童謠云云識者解云陳顯達屬豬崔慧景屬馬非也東昏侯屬豬馬子未詳梁王屬龍蕭穎胄屬虎崔慧景攻臺頓廣莫門死時年六十三烏集傳舍郎所謂瞻烏爰止于誰之屋三八二十四起建元元年至中興二年二十四年也摧折景陽樓亦高臺傾之意也言天下將去乃得休息

野豬雖嗃嗃馬子空閭渠不知龍與虎飲食江南墟七

九六十三廣莫人無餘烏集傳舍頭今汝得寬休但看

三八後摧折景陽樓

楊婆兒謠 魏書齊主昭業令女巫楊氏禱祝速求天位楊氏子珉亦有美貌何氏猶愛悅之昭業呼楊氏爲婆劉氏以來民間作楊婆兒歌蓋爲此也唐書樂志楊叛兒本童謠歌齊隆昌時女巫之子楊旻隨母入内爲何后寵童謠云楊婆兒語訛遂成楊叛兒

楊婆兒共戲來所歡

鄉里謠 南史齊受禪張敬兒歷遷車騎將軍心自疑畏誘說部曲自云貴不可言又使於鄉里爲謠言使小兒輩歌云云武帝疑有異志誅之敬兒家在冠軍里宅前地名赤谷

天子在何處宅在赤谷口天子是阿誰非猪如是狗

山陰謠 南史曰丘仲孚爲山陰令居職甚有聲稱百姓爲此謠前世傳琰父子沈憲劉

玄明相繼宰山陰並有政績

二傅沈劉不如一丘

諺

時人語南齊書上嘉荀伯玉盡心愈見親信軍國密事多委使之時人爲之語曰

十敕五令不如荀伯玉命

夢語南齊書初太祖在淮南荀伯玉假還廣陵夢上廣陵城南樓上有二青衣小兒語伯玉云云伯玉視城下人頭上皆有草

草中肅九五相追逐

桓康語南史曰桓康蘭陵人也隨武帝起兵摧堅陷陣膂力絶人江南人畏之高帝鎮東府除武陵王中兵寧朔將軍常侍衛左右帝誅黃回使康數回罪然後殺之時人語曰

欲侜張問桓康

長沙王語南史曰長沙威王晃高帝四子也少有武力昇明中爲淮南宣城二郡太守晃便弓馬初沈攸之事起長沙威王晃多從武容赫奕都街時人爲之語曰

煥煥蕭四繖

時人語南齊書永明末京邑人士盛爲文章談義皆湊竟陵王西邸劉繪爲後進領袖時張融音旨緩韻周顒辭致綺捷繪言吐又頓挫有風氣時人爲之語曰云云言在二家之中也

劉繪貼宅別開一門

都人語南史曰永明末都下人士盛爲文章談義皆湊竟陵西邸劉繪後進領袖時張融言辭辯捷周顒彌爲清綺而繪音采不贍麗雅有風則時人爲之語言繪處二人間也

三人共宅夾清漳張南周北劉中央

俗諺 南齊書顧憲之上疏言永興諸暨公私殘盡儻值水旱實不易念俗諺云云會稽舊稱沃壤今猶若此吳興本是塉土因循餘弊誠宜改張

會稽打鼓送郎吳興步擔令史

諺 南史齊卞彬仕既不遂作蚤蝨賦序曰蝨有諺言

朝生暮孫

都下語 南史齊東昏時左右應敕捉刀之徒並專國命人間謂之刀敕都下為之語曰

欲求貴職依刀敕須得富豪事御刀

差山語 南史曰沈麟士隱居餘不吳差山講經教授從學士數十百人各營屋宇依止其側時人為之語曰

差山中有賢士開門教授居成市 一有吳字

老子河洛讖四十首

年曆七七水滅緒風雲俱起龍虵舉南齊書祥瑞志曰宋水德王義熙十四年元熙二年永初三年景平二年元嘉三十年孝建三年大明八年永光一年泰始七年泰豫元年元徽昇明三年凡七十七年故曰七七也

蕭草成道德懷書備出身形法治吳出南京上即姓諱也南京南徐州治京口也

壇堨河梁塞龍淵消除水災泄山川壇堨河梁爲路也路即道也淵塞者譬路成也即太祖諱也消水災言除宋氏患難也

上參南斗第一星下立草屋爲紫庭迎龍之岡梧桐生

鳳鳥舒翼翔且鳴南斗第一星吳分也草屋蕭字也又簫管之器像鳳鳥翼也

天子何在草中宿宿肅也

王子年歌三首後二首書其屋壁

金刀治世後遂苦帝王昏亂天神怒災異屢見戒人主

三分二叛失州土三王九江悉在吳餘悉稚小早少孤

一國二主天所驅金刀劉也三分二叛宋明帝世也三王九江者孝武於九江與晉安王亦稱大號世祖又於九江基霸跡一在吳謂齊氏桑梓寄治南吳一國二主謂太祖符運潛興為宋氏驅除寇難

三禾摻摻林茂孳金刀利刃齊刈之金刀劉氏刈剪也

欲知其姓草肅肅穀中最細低頭熟鱗身甲體永興福穀道熟成又諱也太祖體有龍鱗斑駁成文始謂是黑歷治之甚至而文愈明

金雄記二首

鑠金作刀在龍里占睡上大人相須起

當復有作蕭入草蕭字也記又云草門可憐乃當[redacted]建號不成易運沸

梁

洛陽歌南史曰大通初武帝遣飈勇將軍陳慶之送魏北海王元顥還北主轉戰而前連破魏軍慶之麾下悉着白袍所向披靡先是洛陽人歌云後果驗

名軍大將莫自勞千兵萬馬避白袍梁書云洛陽童謠軍作師勞作牢

始興王歌南史曰梁始興忠武王憺爲都督荆州刺史天監初軍旅之後公私匱乏憺厲精爲政廣闢屯田減省力役供其窮困辭訟者皆立待符教決於俄頃曹無留事下無滯獄後徵還朝而民歌之荆土方言謂爹爲父故云

始興王人之爹赴人急如水火何時復來哺乳我爹徒我反

北軍歌 南史曰梁臨川靜惠王宏爲揚州刺史天監中武帝詔都督諸軍侵魏所領皆器甲精新軍容甚盛軍次洛口前軍尅梁城宏聞魏援近畏懦不敢進欲議旋師呂僧珍曰知難而退不亦善乎柳玭等不從魏人知其不武遺以巾幗北軍乃歌云云

不畏蕭娘與呂姥但畏合肥有韋武 韋武叡也

雍州歌 南史南平王偉子恪爲雍州刺史年少未閑庶務百姓每通一辭數處輸錢方得聞徹賓客江仲舉蔡遠王臺卿庾仲容並有蓄積民間歌之後達武帝帝因接末句云

江千萬蔡五百王新車庾大宅主人憒憒不如客

夏侯歌 梁書曰夏侯夔爲豫州刺史於蒼陵立堰溉田千餘頃境內賴之夔兄亶先居此任兄弟並有恩惠百姓歌之

我之有州賴彼夏侯前兄後弟布政優優 彼一作得賴 彼一作頻仍

鄱陽歌　南史曰陸襄吳郡人爲鄱陽内史先是郡人鮮于琮反攻郡襄遣兵破之生獲琮時鄰郡按琮黨與因求貨賄皆不得其實或有善人盡室罹禍唯襄郡枉直無濫人歌之曰

鮮于抄後善惡分人無橫死賴陸君　梁書民無橫死賴有陸君抄一作平

同前　南史曰郡人有彭李二家先用忿爭遂相誣告襄引入内室不加責誚但和言解諭之二人感恩深自悔咎乃爲設酒食令其盡歡酒罷同載而還因相親厚人又歌曰

陸君政無怨家鬭既罷讐共車

瞿塘行人歌　南史曰庾子輿新野人有孝性母憂哀至輒嘔血父卒於蜀子輿哀痛將絶奉喪還鄉秋水猶壯巴東有淫預后高出二十許丈及秋至則纔如見次有瞿塘大灘行旅忌之部伍至此后猶不見子輿撫心長叫其夜五更水忽退減安流南下及

度水復舊行人爲之歌曰

淫預如幞本不通衢塘水退爲庾公一作語

謠

北方童謠南史曰梁武帝時魏降人王足陳計求堰淮水以灌壽陽足引北方童謠曰云云帝發淮陽戶丁及戰士二十萬築之以康絢督其事南起浮山北抵巉石堰成長九里高二十丈夾堤并樹杞柳軍人安堵其上魏軍竟潰而歸水之所及方數百里魏壽陽城戍稍徙頓八公山

荊山爲上格浮山爲下格潼沱爲激溝併灌鉅野澤

梁武帝時謠南史曰梁武帝天監元年十一月立長子統爲皇太子時民間有謠按鹿子開者反語爲來子哭也後太子果薨是時長子歡爲徐州刺史以嫡孫次應嗣位而帝意在晉安王猶豫未決及立晉安王爲皇太子而歡止封豫章郡王還任謠言心排

徊者未定也城中諸少年逐歡歸去來
者復還徐方之象也統即昭明太子也

鹿子開城門城門鹿子開當開復未開使我心徘徊城中諸少年逐歡歸去來

雍州童謠 南史蕭範武帝從子都督雍州刺史
時論範欲爲賊又童謠云然卒無驗

莫忽忽且寛公誰當作天子草覆車邊已

大同中童謠 南史曰侯景渦陽之敗遣人求錦
朝廷給之青布其後皆用爲袍色
尚青景乘白馬青
絲爲轡欲以應謠

青絲白馬壽陽來

侯景時童謠 南史曰侯景既尅建鄴脩飾臺
城及朱雀宣陽等門童謠曰

的脰烏拂朱雀還與吳 三國典畧
作白頭烏

脫青袍著芒屩荊州天子挺應着侯景即位童謠曰

江陵謠南史曰侯景既誅傳首至江陵元帝命梟於市三日然後煑而漆之以付武庫先是江陵謠言景肖既至元帝付李季長宅宅東即苦竹町也既加鼎鑊即用市南水焉

苦竹町市南有好井荊州軍殺侯景

梁童謠南史曰臨賀王正德與侯景同逆百姓至聞臨賀郡名亦不欲道童謠云云

寧逢五虎入市不欲見臨賀父子

北童謠南史曰齊遣柳達摩領兵侵梁陳霸先命侯安都敗之達摩謂衆曰頃在北童謠云云侯景服青已倒于此今吾徒衣黃豈謠言驗邪

石頭擣兩襠擣青復擣黃

童謠南史曰梁兵既勝齊兵中以賞俘貿酒者一人裁得一醉先是童謠

虜萬夫入五湖城南酒家使僉虜奴

梁末童謡 南史曰梁末有童謡及王僧辯滅誅若以爲僧辯本乘巴馬以擊侯景馬上郎王字也塵謂陳也江東謂羖羊角爲皁莢隋氏姓楊楊羊也言陳終滅於隋也

可憐巴馬子一日行千里不見馬上郎但有黃塵起黃塵汚人衣皁莢相料理

府中謡 南史徐君蒨爲梁湘東王鎮西諮議參軍頗好聲色侍妾數十皆佩金翠曳羅綺時襄陽魚弘亦以豪侈稱於是府中謡曰

北路魚南路徐

諺 南州語 南史曰江革爲尋陽太守清嚴爲屬城所憚正直自居不與典籤趙道智坐道智還都啓事誣奏革墮事好酒以瑯琊王曇聰代爲行事南州士庶爲之語曰

故人不道智新人佞散騎莫知度不度新人不如故

省中語 南史曰賀琛領尚書左丞參禮儀事每進見武帝與語常移晷刻故省中語云

上殿不下有賀雅 琛容止閑雅故時人呼之

王彬語 南史曰王彬好文章習篆隷與志齊名時人爲之語曰

三真六草爲天下寶

湘東王 梁元帝金樓子曰余後爲江州副君賜報曰京師有語云

論議當如湘東王士宦當如王克 克時始爲僕射領選也

時人語 梁書王筠與從兄泰齊名陳郡謝覽覽弟舉亦有重譽時人爲之語曰

謝有覽舉王有養炬 炬是泰養郎筠並小字也

三何語 二首 南史曰何思澄與宗人遜及子朗俱擅文名時人語曰云云思澄聞之曰

此言誤耳如不然固當歸遜思澄意謂宜在巳也

東海三何子朗最多

人中爽爽有子朗子朗字世明有才思

兩雋語南史曰何妥少聰明時蘭陵蕭眘亦雋才住青陽巷妥住白楊頭時人爲之語

世有兩雋白楊何妥青陽蕭眘

鮑佐語南史曰鮑正爲湘東王五佐好交遊無日不適人人爲之語曰

無處不逢烏噪無處不逢鮑佐

讖詩隋書五行志曰梁天監三年六月八日武帝講於重雲殿沙門誌公忽然起舞歌樂須臾悲泣賦五言詩梁自天監至于大同三十餘年江表無事至太清二年臺城陷帝享國四十八年所言五十裏也太清元年八月十三而侯景自懸瓠來降在丹陽之北子地

帝惑朱异之言以納景景之作亂始自戊辰之歲至午年帝憂崩

樂哉三十餘悲哉五十裏但看八十三子地妖災起倖臣作欺妄賊臣滅君子若不信吾言龍時侯賊起且至馬中間銜悲不見喜

又 南史梁武帝紀曰天監中沙門釋寶誌爲詩帝使周捨封記之及中大同元年同泰寺災帝啟封捨手迹爲之流涕帝生於甲辰三十八尅建鄴之年也遇災歲實丙寅八十三矣四月十四日而火起始自浮屠第三層三者帝之昆季次也

昔年三十八今年八十三四中復有四城北火酣酣

又二首 南史曰天監十年四月八日誌公於大會中作詩狗子景小字山家小兒猴狀景遂覆陷都邑初自懸瓠來降卽昔之汝南也巴陵有地名三湘景奔敗處其言皆驗

掘尾狗子自發狂當死未死齧人傷須臾之間自滅亾

起自汝陰死三湘陰一作除

兀尾狗子始著狂欲死不死齧人傷須臾之間自滅亾患在汝陰死三湘横尸一旦無人藏見隋書五行與前小異

山家小兒果攘臂太極殿前作虎視

詩讖隋書五行志曰天監中茅山隱士陶弘景爲五言詩云云及大同之季公卿唯以談玄爲務夷甫平叔朝賢也侯景作亂遂居昭陽殿

夷甫任散誕平叔坐談空不言昭陽殿忽作單于宮

陳

歌

齊雲觀歌隋書曰陳後主造齊雲觀國人歌之功未畢而爲隋師所虜

齊雲觀寇來無際畔

謠

陳初童謠　見李商隱梁詞人麗句

御路種竹篠蕭蕭已復起合盤貯蓬塊無復揚塵已

陳初謠言　見梁詞人麗句

日西夜烏飛拔劒倚梁柱歸去來兮歸山下

江東謠　陳書曰初有童謠云云其後陳主果爲韓擒虎所敗擒本名擒虎黃斑之謂也破建康之始復乘青驄馬往反時節皆相應

黃斑青驄馬發自壽陽涘來時冬氣末去日春風始

諺

張種語　陳書曰張種少恬靜居處雅正不妄交遊傍無造請時人爲之語曰

宋稱敷演梁則卷充清處學尚種有其風

二賀歌　唐書曰賀臨仁越州山陰人在陳與兄德基師事周弘正以文辭稱人爲語曰

學行可師賀德基文質彬彬賀德仁

北魏

歌　咸陽王歌　北史曰後魏景明中咸陽王禧謀逆伏誅後宮人爲之歌其歌遂流於江表北人之在南者聞弦管奏之莫不灑泣

可憐咸陽王奈何作事誤金牀玉几不能眠夜踏霜與露洛水湛湛彌岸長行人那得渡　夜踏霜與露一作夜起踏霜露

裴公歌　北史曰裴俠大統中爲河北郡守躬履儉素愛民如子郡舊有漁獵夫三十人以供郡守俠曰以口腹役人吾所不爲也悉罷之又有丁三十人供郡守役俠亦不私並收庸爲市官馬歲時既積馬遂成羣去職之日一無所取民歌之云

肥鮮不食丁庸不取裴公貞惠爲世規矩

謠

虜中謠宋書虜中謠言魏主燾甚惡之瀘水人蓋吳於杏城天台舉兵反遣擊之輒敗

滅虜者吳也

趙郡謠北史曰後魏李曾道武時爲趙郡太守令行禁止并州丁零數爲山東害知曾能得百姓死力不敢入境賊於常山界得一死鹿賊長謂趙郡地也責之還令送鹿故處其見憚如此郡人爲之謠

詐作趙郡鹿猶勝常山粟

二拔謠北史曰永熈二年竇泰破尒朱榮神武入洛尒朱仲都下都督張子期自滑臺歸命神武斬之斛斯椿由是不安乃與南陽王寶炬等搆神武於魏帝故魏帝心貳於賀拔岳初孝明之時洛下以兩拔相擊謠言云云好事者以二拔謂拓拔賀拔言俱將衰之

兆

銅拔打鐵拔元家世將末

曲堤謠 二首北史曰後魏宋世良孝莊時爲清河太守才識閑明尤善政術郡東南有曲堤成公一姓阻而居之羣盜多萃於此人爲之語曰云云世良施八條之制盜奔他境人又謠曰云云

寧度東吳會稽不歷成公曲堤

曲堤雖險賊何益但有宋公自屏跡

河東謠 北史元淑魏宗室爲河東太守俗多商賈罕事農桑淑下車勸課謠曰

秦州河中杼柚代舂元公至止田疇始理

洛中童謠 二首北史曰尒朱彥伯節閔帝時封博陵郡王位侍中及張勸等掩襲尒

朱世龍神武執彥伯與世隆同斬於閶闔門外懸首於斛斯椿門樹先是洛中謠曰云云至是並驗

三月末四月初楊灰簸土覓真珠頭去項脚根齊驅上樹不須梯

後魏宣武孝明時謠北史曰孝武帝永熙三年遇酖而崩初宣武孝明間謠曰云云識者以爲索謂魏本索髮焦梨狗子指宇文泰泰小字黑獺也

狐非狐貉非貉焦梨狗子齧斷索

東魏童謠魏紀曰孝武帝既入關渤海王高歡議立清河王子善見以奉明帝之後是爲孝靜皇帝遷都於鄴爲東魏自是軍國政務皆歸相府先是童謠曰云云按青雀子謂靜帝實清河王之世子鸚鵡謂齊神武即高歡也後竟爲齊所滅

可憐青雀子飛來鄴城裏羽翮垂欲成化作鸚鵡子

東魏鄴都謠 隋書五行志曰魏孝靜帝始移都于鄴時有童謠按孝靜帝清河王之子也后則齊神武之女鄴都宮室未備即逢禪代作窠未成之効也孝靜尋崩文宣以后爲太原長公主降於楊愔時神武妻后尚在故言寄書於婦母新婦子斥后也

可憐青雀子飛入鄴城裏作窠猶未成舉頭失鄉里寄書與婦母好看新婦子

東魏武定中童謠 隋書五行志曰武定中有童謠按高者齊姓也澄文襄名五年神武崩摧折之應七年文襄爲盗所害澄滅之徵也

百尺高竿摧折水底然燈澄滅

東魏末童謠 北史齊本紀曰後魏末文宣未受禪時有童謠按蘗然兩頭於文爲

高河邊羖䍽爲水邊羊指帝名也於是徐之才勸帝受禪

一束藁兩頭然河邊羖䍽飛上天

謠言 北史蕭寳夤本齊明帝子奔魏歷雍州刺史將有異圖問柳楷楷引謠言遂反被誅

鸞生十子九子殂一子不殂關中亂 明帝名子鸞

府君頌 北史曰呂顯字子明皇始初拜鉅鹿太守清身奉公百姓頌之

時惟府君克清克明緝我荒土人胥樂生願壽無疆以享長齡

諺

詰汾諺 北史曰北魏聖武皇帝諱詰汾嘗田於山澤欻見輜軿自天而下既至見美婦人自稱天女受命相偶旦日請還期年復會于此言終而別及朞帝至先田處果見天女以所生男授帝曰此君之子也當世爲帝王即始祖神元皇帝也故時人諺曰

詰汾皇帝無婦家力微皇帝無舅家神元諱力微

百姓語北史太武將北征發驢運糧使[redacted]軌部調雍州軌令驢上皆加絹一匹民語曰

驢無彊弱輔脊自壯

皇宗語魏書曰陽平王子欽字思若少好學早有令譽時人語曰

皇宗略略壽安思若兄顧初名安壽衍字安樂

諺魏書曰李彪領御史中丞解著作事後因求復舊職乃表修魏史引諺曰

一日不書百事荒蕪

三王語後魏書曰濟南王元彧與從兄安豐王延明中山王熙齊名時人爲之語曰

三王楚楚盡琳琅未若濟南備圓方

王家語魏書曰崔光爲肅宗講孝經王道業預講安豐王延明錄義時人語曰

英英濟濟王家兄弟

崔楷語 魏書曰楷字季則仕歷中郎將性嚴烈能摧挫豪强故時人語曰

莫獁獬付崔楷

鄉里語 北史房景伯弟以蔬食終喪朞不內御次弟景先以幼弟景遠亦不內寢鄉里語曰

有義有禮房家兄弟

鄴下語 北史李渾與弟繪緯俱爲聘使主緯位中散大夫聘梁頗爲稱職鄴下語曰

學則渾繪緯口則繪緯渾

俗語 北史邢巒仕安東將軍宣武詔巒攻入鍾離巒以爲必無克狀且俗語云云

耕則問田奴絹則問織婢

貪人語 後魏書曰靈太后幸左藏賜布絹儀同陳留公李崇章武王融並以所負多顛仆於地崇乃傷腰融至損脚時人爲之語曰

陳留章武傷腰折股貪人敗類穢我明主

李波小妹語 魏書曰廣平人李波宗族彊盛殘掠不已公私成患百姓爲之語曰

李波小妹字雍容褰裙逐馬如卷蓬左射右射必疊雙婦女尚如此男子安可逢 刺史李安世設方畧誘波等殺之州内肅然

楊公語 魏書曰楊津行定州事賊每來攻津於城中置爐鑄鐵持以灌賊賊相語曰

不畏利槊堅城惟畏楊公鐵星

袁祖語 北史曰祖瑩與陳郡袁翻齊名秀出時人爲之語曰

京師楚楚袁與祖洛陽翩翩祖與袁

李謐語北史曰李謐初師事小學博士孔璠數年後璠還就謐請業同門生爲之語曰

青成藍藍謝青師何常在明經

中郎語三國典畧曰東魏崔暹子達拏年十三暹令儒者教其說周易兩字乃集朝貴名流達拏升高坐開講趙郡眭仲讓陽屈服之暹大悅擢仲讓爲司徒中郎鄴下爲之語

解義兩行得中郎

唐將語北史曰唐永有將帥才正光中爲北地太守與賊數十戰未嘗敗北時人語曰

莫陸梁恐爾逢唐將

時人語北史大統初馮翊王元季海領軍獨孤信鎭洛陽于時人物唯柳虯在陽城裴諏在潁川乃俱徵之以虯爲行臺郎中諏爲北府屬並掌文翰時人爲之語曰

北府裴諏南府柳虯

瑤光寺語洛陽伽藍記曰瑤光寺世宗宣武皇帝所立永安三年中爾朱兆入洛陽縱兵大掠時有秀容胡騎數十人入寺淫穢自此後頗獲譏誚京師語曰

洛陽女兒急作髻瑤光寺尼奪女壻下四條並伽藍記

白墮語河東有劉白墮善釀飲之香美而醉經月不醒永熙中南青州刺史毛鴻賓齎酒之蕃路逢賊盜飲之即醉皆被禽獲游俠語曰

不畏張弓拔刀唯畏白墮春醪

伊洛語洛水南四通市伊洛之魚多於此賣士庶須膾皆詣取之魚味甚美京師語曰

伊洛鯉魴貴於牛羊

上高里語洛陽城東北有上高里殷之頑民所居處也高祖名聞義里遷京之始朝士住其中迭相譏刺竟皆去之唯有造瓦者止其內京師瓦器出焉世人語曰

洛城東北上高里殷之頑民昔所止今日百姓造甕子

人皆棄去住者恥

京師語 白馬寺漢浮圖前柰林蒲萄異於餘處味並殊美帝熟時常詣取之京師語曰

白馬甜榴一實直牛

老嫗語 河間王琛婢朝雲善吹篪能爲團扇歌隴上聲琛爲秦州刺史羌叛屢討不勝令朝雲假爲貧女吹篪而乞羌聞之流涕曰何故捨墳井在山谷爲寇耶即降秦民語曰

快馬健兒不如老嫗吹篪

北齊

歌

鄭公歌 北史鄭述祖天保中爲兖州刺史述祖之父道昭嘗爲兖州刺史故百姓歌之

大鄭公小鄭公相去五十載風教猶尚同

邯鄲郭公歌

樂府廣題曰北齊後主高緯雅好傀儡謂之郭公時人戲爲郭公歌及將敗果邯鄲高郭聲相近九十九末數也滕口鄧林也大兒謂周帝太祖子也高岡後主姓也雉雞類武成小字也後敗於鄧林盡如歌言蓋語妖也

邯鄲郭公九十九技兩漸盡入滕口大兒緣高崗雉子東南走不信吾言時當看歲在酉

崔府君歌

北齊書崔伯謙除濟北太守乃改鞭用熟皮爲之有朝貴過郡境問人太守治政對曰府君恩化因誦民爲歌客曰旣稱恩化何由復威曰長吏憚威民庶蒙惠

崔府君能治政易鞭鞕布威德民無爭

謠

惠化謠

北齊書神武西討竇泰自潼關入爲周文帝所殺初泰將發鄴有惠化尼謡云

竇行臺去不回 泰爲御史中尉

童謠 北齊書武明太后病內史令呼太后爲石婆蓋有俗忌故改名初童謠云云徐之才曰跋求伽胡言去巳豹祠嫁石婆豈有好事斬冢作媒人但令合葬自斬冢唯得紫綖靴者紫之爲字此下糸綖者熟當四月中靴者革旁化寧是久物至四月一日后崩

周里跋求伽豹祠嫁石婆斬冢作媒人唯得一量紫綖靴

北齊文宣時謠 北史本紀曰文宣時謠按帝以午年生故曰馬子三臺石季龍舊居故曰石室三千六百日十年也文宣在位十年果如謠言

馬子入石室三千六百日

北齊廢帝時童謠三首 北史曰楊愔相齊文宣時尚太原公主位至驃騎大將軍文宣大漸愔與侍中燕子獻黃門侍郎鄭子默並受遺詔時常山長廣二王位地親逼

愔等與可朱渾天和深相疎忌並爲所害先是童謠云羊爲愔也角文爲用刀道人謂廢帝小名太原公主嘗作尼故曰阿麼姑愔子獻天和皆尚帝姑故曰道人姑夫云

白羊頭尾禿羖䍽頭生角

羊羊喫野草不喫野草遠我道不遠打爾腦

阿麼姑禍也道人姑夫死也

白烏謠 北史曰初孝昭之誅楊愔也謂武成云事成以汝爲皇太弟及立子百年爲皇太子武成不平欲有異謀先是童謠云云時丞相府在北城中卽舊中興寺也烏翁謂雄雞蓋指武成小字步落稽也道人濟南王小名也打鐘言將被擊也孝昭尋崩武帝卽位

中興寺內白烏翁四方側聽聲雍雍道人聞之夜打鐘

童謠 北齊書曰神武穆太后凡孕六男二女皆感夢孕文襄則夢一斷龍孕文宣則夢大

龍[redacted]尾屬天地張口動目勢狀驚人孕孝昭則夢蠕龍于地孕武成則夢龍浴于海孕魏二后並夢月入懷孕襄城博陵二王夢鼠入衣下后未崩有童謠云云及后崩武成緋袍如故未幾登三臺置酒作樂帝女進白袍帝怒投諸臺下帝于昆季次實九蓋其徵驗也

九龍母死不作孝

魏世謠　北齊書曰河間王孝琬武成時和士開祖珽譖之帝初魏世謠言云云珽說曰河南河北河間也金雞鳴孝琬將建金雞而大赦帝頗惑之後竟殺焉

河南種穀河北生白楊樹頭金雞鳴

謠言　北齊書陽子術曰謠言云云四入天之大數主上之祚恐不過此武成崩年三十二

盧十六雉十四犍子拍頭三十二

武成後謠　三國典畧曰周平齊齊幼主胡太后並歸于長安初武成殂後有童謠云

調甚悲若至是應焉一云北齊太上時童謠果作藥券作家

千錢買果園中有芙蓉樹破券不分明蓮子隨他去

北齊後主武平初童謠 隋書五行志曰武平元年童謠按其年四月隴東王胡長仁謀遣刺客殺和開事露反爲士開所譖而死

狐截尾你欲除我我除你

武平中童謠 隋書五行志曰武平二年童謠小兒唱訖一時拍手云殺却至七月二十五日御史中丞琅琊王儼執士開送於南臺而斬之

和士開七月三十日將你向南臺

又謠 隋書五行志曰是歲又有童謠七月士開被誅九月琅琊王遇害十一月趙彥深出爲西州刺史北史彥深引綦連猛知機事祖珽奏言前推琅邪王有意出猛定州彥深西兗州

七月刈禾傷早九月喫𩜾正好十月洗蕩飯瓮十一月出却趙老北史云七月刈禾太早九月噉糕未好本欲尋山射虎激箭旁中趙老

後主時謠北齊時斛律光爲當時名將與祖珽穆提婆積怨周將韋孝寬忌光英勇乃作謠言令間諜漏其文於鄴曰百升云云又曰高山云云珽因續之曰盲老公云云穆提婆聞之告其母陸令萱遂相與協謀以謠言啓後主誅光周武帝始有滅齊之志竟平其國按百升者斛也明月光字也高山謂齊齊姓高也盲老公謂珽珽先因罪失明也饒舌老母謂令萱即後主乳母

百升飛上天明月照長安高山不推自崩槲木不扶自竪盲老公背上下大斧饒舌老母不得語升一作斗推一作摧

高山崩槲樹舉盲老公背上下大斧多事老母不得

語北齊書祖珽傳載此

鄴下童謠北史先是鄴下童謠云云和士開謂入上臺後瑯琊王送士開就臺斬之至是果驗

和士開當入臺

武平末童謠隋書五行志曰武平末有童謠時穆后母子淫辟干預朝政時人患之穆后小字黃花尋逢齊亡欲落之應也

黃花勢欲落清尊但滿酌

南史作滿杯酌後主自立穆后昬飲無度故云

北齊末鄴中童謠隋書五行志曰北齊末鄴中有童謠末幾齊爲周所滅周都關中故云西家也

金作掃帚玉作把淨掃殿屋迎西家

諺

時人語 北史齊文襄入輔居鄴下崔暹崔季舒崔昻等並被任用張亮張徽纂並爲神武待遇然皆出陳元康下時人爲之語曰

三崔二張不如一康

訛言 北齊書蘭京子欽害齊王高澄王自投傷足入于床下賊黨去床因而見殺先是訛言曰

軟脫帽床底喘

鳳池語 北史曰趙彥深諷朝廷以子叔堅爲中書侍郎頗招物議時馮子琮子慈明祖珽子君信並相繼居中書故時語云

馮祖及趙穢我鳳池

時人言 北史北齊武成時唐邕白建方貴時人言云

并州赫赫唐與白

鄙諺 北齊書曰瑯琊王儼執和士開送御史臺者斬之遂率京畿軍士屯千秋門帝率宿衛者將出戰斛律光曰小兒輩弄兵與交手即亂鄙諺云云至尊宜自至千秋門瑯琊必不敢動後主從之

奴見大家心死

親表語 北史胡長粲仕趙州刺史性好內有一侍婢其妻王驕妬手刺殺之爲此忿恨數年不見親表爲之語曰

自我不見于今三年 此本詩語

臺中語 北齊書曰宋遊道廣平人爲殿中侍御史臺中語曰

見賊能討宋遊道

陰生語 北齊書曰賈思伯遷南青州刺史初思伯與弟思休師事北海陰鳳受業竟無資酬之鳳遂質其衣服時人爲之語及思伯之部送遺鳳因具車馬迎之時人稱歎焉

陰生讀書不免癡不識雙鳳脫人衣

蘇宋語 北史曰宋世軌齊天保中爲大理少卿執獄寬平多所全濟大理正蘇珍之以平幹知名時人以爲二絕寺中語曰

決定嫌疑蘇珍之視表見裏宋世軌

蘇珍之 北齊書蘇瓊字珍之爲廷尉正京師爲之語曰

斷決無疑蘇珍之

陸乂語 北史陸乂於五經最精熟館中謂之石經人語曰

五經無對有陸乂

時人語（北史北齊裴讓之與弟諏之及皇甫和弟亮並知名於洛下時人語曰）

諏勝於讓和不如亮

祖裴語（三國典畧曰裴讓之十七舉秀才爲屯田郎中與祖珽俱聘宋邢邵省中語曰）

多奇多能祖孝徵能賦能詩裴讓之

裴讓之（北史讓之魏天平中舉秀才累遷屯田主客郎中省中語曰）

能賦詩裴讓之（陽休之好學愛文藻時人爲之語曰能賦詩陽休之）

崔李語（隋書曰武城崔儦與頓丘李若俱見稱重時人爲之語曰 齊人後入隋）

京師灼灼崔儦李若

讖詩（二首北史陸法和本傳曰法和書其所居屋壁而塗之及剝落有文二首）

十年天子爲尚可百日天子急如火周年天子迭代坐

隋書五行志曰時文宣帝享國十年而崩廢帝嗣立百餘日用替厥位孝昭即位一年而崩此其効也

一母生三天兩天共五年 婁太后生三天子自孝昭即位至武成傳位後主共五年

北周

歌

周宮歌 隋書五行志曰周宣帝與宮人夜中連臂蹋蹀而歌云云帝即位二年崩

自知身命促秉燭夜行遊

謠

周初童謠 隋書五行志曰周初有童謠按靜帝隋氏之甥既遜位而崩諸舅强盛

白楊樹頭金雞鳴秖有阿舅無外甥 秖一作裁

玉漿泉謠 隋書曰豆盧勣周武帝時爲渭州刺史有惠政華夷悅服大致祥瑞鳥鼠山俗呼爲高武隴其山絕壁千尋由來乏水諸羌苦之勣馬足所踐忽飛泉湧出有白烏翔止廳前乳子而後去民爲之謠後因號其泉曰玉漿泉

我有丹陽山出玉漿濟我民夷神烏來翔民夷一作夷人翔一作出

諺

裴漢語周書裴漢補墨曹參軍漢善尺牘尤便簿領理識明贍決斷如流相府爲之語

曰

日下粲爛有裴漢

于公語隋書曰于仲文字次武北周時爲遷安太守州刺史屈突尚宇文護之黨也先坐事下獄無敢繩者仲文至郡窮治遂竟其獄蜀中爲之語曰

明斷無雙有于公不避强禦有次武

隋

歌

枯樹歌北史曰王劭隋文帝時爲著作郎上表言符命曰陳留老子祠有枯柏世傳云老子將度世云待枯柏生東南枝迴指當有聖人出吾道復行至齊枯柏從下生枝東南

上指夜有三童子相與歌曰云云及至尊牧亳州親至祠樹之下自是柏枝囘抱其枯枝漸指西北道教果行考校衆事太平主出於亳州陳留之地皆如所言

老子廟前古枯樹東南枝如繖聖主從此去枝隋書作狀

長白山歌北史曰來整榮國公護兒之子也尤驍勇善撫御討擊羣賊所向皆捷諸賊歌之

長白山頭百戰場十十五五把長鎗不畏官軍十萬衆只怕榮公第六郎十一作千

挽舟者歌海山記曰煬帝御龍舟夜半聞歌者甚悲帝遣人求之不得

我兒征遼東餓死青山下今我挽龍舟又困隋堤道方今天下飢路糧無些小前去三千程此身安可保寒骨

枕荒沙幽魂泣煙草悲損門內妻望斷吾家老安得義男兒爛此無主屍引其孤魂回負其白骨歸

送別詩 崔瓊東虚記曰此詩作於大業末年實指煬帝巡游無度縉紳痒悦已甚下逮閭閻而佞人曲士播弄威福欺君上以取榮貴上二句盡之又謂民財窮窘至是方有五子之歌之憂而望其返國也

楊柳青青着地垂楊花漫漫攪天飛柳條折盡花飛盡借問行人歸不歸

謡 煬帝時并州童謡 北史曰漢王諒反爲楊素所敗幽死先是童謡曰云云時僞署官告身皆一紙別授則二紙諒聞謡喜曰我幼字阿客量與諒同音吾於皇家最小以爲應之

一張紙兩張紙客量小兒作天子

大業中童謠　隋書五行志曰煬帝大業中童謠其後李密坐楊玄感之逆爲吏所拘在路逃叛潛結羣盜自陽城山而來襲破洛口倉後復屯兵苑內莫浪語密也宇文化及自號許國尋亦破滅誰道許者盖驚疑之辭也

桃李子鴻鵠遶陽山宛轉花林裏莫浪語誰道許

杞州謠　北史隋侍御史柳彧上表論上柱國和干子前在趙州闇於職務政由群小賄賂公行百姓吁嗟歌謠滿道乃云

老禾不早殺餘種穢良田

童謠　北史梁主蕭琮自江陵徵入朝拜柱國後有童謠云云煬帝忌之遂廢於家

蕭蕭亦復起

諺

長安語　北史曰崔弘度隋仁壽中爲太府卿性嚴酷官屬百工莫敢欺隱時有屈突盖爲武侯車騎亦嚴刻長安爲之語曰

寧飲三斗醋不見崔弘度寧炙三斗艾不逢屈突蓋

樊安定語　隋書曰樊叔畧陳留人仕周封清鄉縣公隋受禪進爵安定郡公相州刺史政爲當時第一百姓爲之語曰

智無窮清鄉公上下正樊安定

貝州語　隋書庫狄士文授貝州刺史法令嚴肅吏人股戰有京兆韋焜爲貝州司馬河東趙達爲清河令二人並苛刻唯長史有惠政時人爲之語曰云云上聞而歎曰士文之暴過於猛獸竟坐死

刺史羅剎政司馬蝮蛇瞋長史含笑判清河生喫人

諸生語　北史呂思禮東平壽張人年十四受學於徐遵明長於論難諸生爲之語曰

講書論易鋒難敵

釋奴龍子　隋書曰盧昌衡小字龍子風神澹雅容止可法博涉經史工草行書從弟思道小字釋奴宗中俱稱英妙胡幽州爲之語曰

盧家千里釋奴龍子

鄙諺　隋書曰長孫平爲工部尚書時有人告大都督邴紹非毀朝廷者上怒將斬之平進諫曰鄙諺曰云云此言雖小可以喻大上於是赦紹

不癡不聾未堪作大家翁　北史作不堪

前諺　隋書冀州俗重氣俠好結朋黨故班志述其土風悲歌慷慨椎剽掘冢亦自古之所患焉前諺云

仕宦不偶遇冀部

語 隋書魏郡鄴都所在浮巧成俗雕刻之工特云精妙士女被服咸以奢麗相高其所尚習得京洛之風矣語曰云云斯皆輕狡所致

魏郡清河天公無奈何

古樂苑卷第五十

西吴　梅鼎祚　補正
東越　吕胤昌　校閲

襍曲歌辭 歌謡語附

此既不屬諸調且世代莫詳亦無名氏都爲一卷附志闕疑

古豔歌 詩紀題云古詩收漢

行行隨道經歷山陂馬啖柏葉人啖柏脂不可長飽聊可過飢

古豔歌

孔雀東飛苦寒無衣爲君作妻中心惻悲夜夜織作不

得下機三日載疋尚言吾遲

雞鳴歌

樂府廣題曰漢有雞鳴衛士主雞唱宮外舊儀宮中與臺並不得畜雞晝漏盡夜漏起中黃門持五夜甲夜畢傳乙乙夜畢傳丙丙夜畢傳丁丁夜畢傳戊戊夜是爲五更未明三刻雞鳴衛士起唱漢書曰高帝圍項羽垓下羽是夜聞漢軍四面皆楚歌應劭曰楚歌者雞鳴歌也晉太康地記曰後漢固始鯛陽公安細陽四縣衛士習此曲於闕下歌之今雞鳴歌也然則此歌蓋漢歌也按周禮雞人掌大祭祀夜嘑旦以嘂百官則所起亦遠矣

東方欲明星爛爛汝南晨雞登壇喚曲終漏盡嚴具陳月沒星稀天下旦千門萬戶遞魚鑰宮中城上飛烏鵲

黃門倡歌

漢書禮樂志曰成帝時鄭聲尤甚黃門名倡丙彊景武之屬富顯於世隋書樂志曰漢樂有黃門鼓吹天子宴羣臣之所用也

佳人俱絶世握手上春樓點黛方初月縫裙學石榴君
王入朝罷爭競理衣裘此似齊梁間語
樂辭祝穆曰窮袴襦也蓋漢人語吳兢編此在十九首後詩紀此與西洲長干休洗紅附晉
繡幞圍香風耳節朱絲桐不知理何事淺立經營中愛
惜加窮袴防閑託守宮今日牛羊上丘隴當年近前面
發紅

西洲曲樂府作古辭玉臺新本作江淹非

憶梅下西洲折梅寄江北單衫杏子紅雙鬢鴉雛色西
洲在何處兩槳橋頭渡日暮伯勞飛風吹烏臼樹樹下
即門前門中露翠鈿開門郎不至出門採紅蓮採蓮南

塘秋蓮花過人頭低頭弄蓮子蓮子青如水置蓮懷袖中蓮心徹底紅憶郎郎不至仰首望飛鴻鴻飛滿西洲望郎上青樓樓高望不見盡日欄杆頭欄干十二曲垂手明如玉卷簾天自高海水搖空綠海水夢悠悠君愁我亦愁南風知我意吹夢到西洲

長干曲

逆浪故相邀菱舟不怕搖妾家楊子住便弄廣陵潮

于闐採花 于闐古于闐國居葱嶺北二百餘里漢唐以來皆入貢

山川雖異所草木尚同春亦如溱洧地自有採花人

沐浴子

澡身經蘭氾濯髮傃芳洲折櫟聊躑躅攀桂且淹留

澤雉 古今樂錄曰鳳將雛以澤雉送曲

擅場延繡頸朝飛弄綺翼飲啄常自在驚雄恒不息

舍利佛

金繩界寶地珍木蔭瑤池雲間妙音奏天際法蠡吹

摩多樓子

從戎向邊北遠行辭密親借問陰山候還知塞上人

休洗紅 二首

休洗紅洗多紅色淡不惜故縫衣記得初按茜人壽百年能幾何後來新婦今爲婆

休洗紅洗多紅在水新紅裁作衣舊紅番作裏廻黃轉緑無定期世事返復君所知

歎疆場 樂苑曰歎疆場宫調曲也詩紀云此下三首考樂府前後皆唐人之詩或唐作也

聞道行人至粧梳對鏡臺淚痕猶尚在笑靨自然開

塞姑

昨日盧梅塞口整見諸人鎮守都護三年不歸折盡江邊楊柳

回紇曲 樂苑曰回紇商調曲也楊愼云其辭纏緜含蓄有長歌之哀過於痛哭之意惜不見作者名氏必陳隋初唐之作也

陰山瀚海信難通幽閨少婦罷裁縫緬想邊庭征戰苦

誰能對鏡冶愁容久戍人將老須臾變作白頭翁第二句闕二字信一作使冶一作治

石州辭

自從君去遠巡邊終日羅帷獨自眠看花情轉切攬涕淚如泉一自離君後啼多雙臉穿何時狂虜滅免得更留連

淫豫歌此下至䕫道謠並襍歌謠詩紀附在晉後云世代莫詳古今樂錄曰晉宋以後有淫預歌酈道元水經注曰白帝山城水門之西江中有孤石名淫預石水冬出二十餘丈夏則沒亦有裁出焉江水東逕廣溪峽乃三峽之首也峽中有瞿塘黃龕二灘夏水回復沿泝所忌國史補曰蜀之三峽最號峻急四月五月尤險故行者歌之淫預或作灩澦

灩澦大如馬瞿塘不可下

灩澦大如牛瞿塘不可流

同前

滟澦大如馬瞿唐不可下滟澦大如象瞿唐不可上

同前

灩澦大如襆瞿唐不可觸金沙浮轉多桂浦忌經過升菴

詩話曰此舟人商估刺水行舟之歌樂府以為梁簡文所作非也蜀江有瞿唐之患桂江有桂浦之險故涉瞿唐者則準灩襆涉桂浦者則準金沙今樂府桂浦作桂楫非也按樂府本為桂浦上說原載通志

巴東三峽歌

二首酈道元水經注曰巴東三峽謂廣溪峽巫峽西陵峽也三峽七百里中兩岸連山畧無闕處重巖疊嶂隱蔽天日非亭午夜分不見日月宜都山川記曰自黃牛灘

自入西陵界至峽口一百許里山水紆曲林木高茂猿鳴至清山谷傳響泠泠不絕行者聞之莫不懷土故漁者歌曰

巴東三峽巫峽長猿鳴三聲淚沾裳

巴東三峽猿鳴悲猿鳴三聲淚沾衣

同前見水經注

灘頭白勃堅相持倏忽淪沒別無期

武陵人歌黃閔武陵記曰有綠羅山側巖垂水懸蘿百里許得明月池碧潭鏡澈百尺見底素巖若雪松如插翠流風叩阿有綠桐之韻土人爲之歌曰

仰兹山兮迢迢層石構兮嵯峨朝日麗兮陽巖落景梁兮陰阿鄣壑兮生音吟籟兮相和敷芳兮綠林恬淡兮

潤波樂兹潭兮安流緩爾櫂兮詠歌（梁一作陽）

綿州巴歌

豆子山打瓦皷揚平山撒白雨下白雨取龍女織得絹二丈五一半屬羅江一半屬玄武

三峽謠

（水經注曰峽中有灘名曰黃牛灘南岸重嶺疊起最外高崖間有色如人負刀牽牛人黑牛黃既人跡所絕莫得究焉此巖既高加湍江紆廻雖途逕信宿猶望見此物故行者謠曰云云言水路行深廻望如一矣）

朝見黃牛暮見黃牛三朝三暮黃牛如故（水經注作朝發黃牛暮宿黃牛）

僰道謠

（益州記曰瀘水源出曲羅兩峯有殺氣暑著月舊不行故武侯以夏渡為艱瀘水又下

合諸水而總其目焉故有瀘江之名矣自朱提至僰道有水步道有黑水羊官水至險難三津之阻行者苦之故俗爲之語曰

楢溪赤木盤蛇七曲盤羊烏櫳氣與天通

三秦記民謠

武功太白去天三百孤雲兩角去天一握山水險阻黃金子午蛇盤烏櫳勢與天通

華陽國志注黃金谷在洋縣本漢黃金戍張魯築西魏置黃金縣子午道在洋縣東百六十里舊在金州梁王神念別開此道諺云山水險阻黃金子午

隴西謠

郎櫃女櫃十馬九駒安陽大角十牛九犢

四地名皆在隴西言宜畜牧也

紇其語郡國志云望之數百里內夏恆積雪故彼人語曰云云又有神泉人歌曰云云

紇其山頭凍死雀何不飛去生處樂

紇其山頭有神井入地千尺絕骨冷

古樂苑卷第五十 終

古樂苑卷第五十一

西吳　梅鼎祚　補正
東越　呂胤昌　校閱

僊歌曲辭 謠諺附

霞唱雲謠丹圖籙字列仙眞誥具有其文卽不無後世依托而其指緣秘檢語率玄超亦被筦弦是名天樂今取其爲歌吟者附錄于斯若彼神仙步虛鳳簫龍笛之屬代多作者前已類次

方回語

列仙傳曰方回堯時隱人也堯聘以爲閭士練食雲母亦與民人有病者隱於五柞山中夏啓末爲宦士爲人所劫閉之室中從求道因化而得去更以方回掩封其戶時人曰夏啓一作夏桀時

得方回一丸泥塗門戶終不可開

綏山謠 列仙傳曰葛由者羌人也周成王時好刻木羊賣之一旦騎羊而入西蜀蜀中王侯貴人追之上綏山隨之者不復還皆得仙道故里諺曰

得綏山一桃雖不得仙亦足以豪

周宣王時採薪人歌 列仙傳曰周宣王時郟閭採薪之人行歌時人莫能知之老君曰此活國中人其語秘矣斯皆修習無上眞正之道也

巾金巾入天門呼長精歙玄泉鳴天鼓養泥丸 眞仙通鑑曰長桑公子者常散髮行歌曰巾金巾入天門呼長精吸玄泉鳴天鼓養丹田柱下史聞之曰彼長桑公子所歌之詞得服五星守洞房之道

乞食公歌 三一經曰楚莊公時市長宋來子常灑掃一市時有乞食公入市經日乞而歌一市人無解歌者獨來子忽悟疑是仙人乃師乞食公棄官追逐積十三年公遂授以中仙之

道來子今在中嶽乞食公者西嶽眞人馮延壽周宣王時史官也手爲天馬鼻下爲山源

天庭發雙華山源障陰邪清晨按天馬來詣太眞家眞人無邪隱又以滅百魔 天庭是兩眉之間眉之角也山源是鼻下人中之本側在鼻下小入谷中也華庭在兩眉之下是徹視之津梁天眞是引靈之上房且中暮恒咽液三九過急以手三九陰按之以爲常令致靈徹視杜遏萬邪之道也

漢初童謠

雲笈七籤西王母傳曰漢初有四五小兒戲於路中一兒歌曰云云時人莫知唯張子房知之乃往拜焉曰此乃東王公之玉童也仙人得道昇天當揖金母而拜木公也自非沖虛登眞之子莫知其津矣

著青裙入天門揖金母拜木公

赤雀辭

列仙傳曰陶安公者六安鑄冶師也數行火火一旦散上行紫色衝天安公伏冶下

求哀須臾朱雀止冶上曰云云至期赤龍到大雨而安公騎之東南上

安公安公冶與天通七月七日迎汝以赤龍

長安中謠 列仙傳曰陰長生者長安中渭橋下乞兒也常止於市中乞市人厭苦以糞灑之旋復在里中衣不見汚長吏知之械收繫著桎梏而續在市中乞又械欲殺之乃去灑者之家室自壞殺十餘人故長安中謠曰

見乞兒與美酒以免破屋之咎

西王母宴漢武帝命法嬰歌玄靈之曲 二首 漢武帝內傳曰元封元年七月七日西王母降于漢宮王母自設天廚精妙非常酒觴數遍王母命諸侍玉女作樂命法嬰歌玄靈之曲乃遣侍女招上元夫人夫人至乃彈雲林之琴歌步玄之曲

大象雖廓廖我把天地戶披雲沈靈輿倏忽適下土空

洞成玄音至靈不容冶太眞噓中唱始知風塵苦願神三田中納精六闕下遂乘萬龍椿馳騁九野玄圃遏北臺五城煥嵳峩啓彼無涯津汎此織女河仰止升絳庭下遊月窟阿顧眄八落外指招九雲遐忽不覺心榮豈吾少與多撫璈命衆女詠歌發中和妙暢自然樂爲此玄雲歌韶盡至韻存眞音辭無邪

上元夫人歌步玄之曲上元夫人道君弟子也亦玄古以來得道總統其眞籍亞於龜臺金母所降之處多使侍女相聞以爲賓侶焉

昔涉玄眞道騰步登大霞負笈造天闕借問太上家忽過紫微垣眞人列如麻渌景清飈起雲蓋映朱葩蘭宮

敞朱闕碧空起璚沙丹臺結空構瑋曄生光華飛鳳蹕鸞崎燭龍倚委虵玉胎來絳芝九色紛相拏挹景練仙骸萬劫方童牙唯言壽有終扶桑不爲查空起藝文作室路

西王母又命侍女田四妃答歌

晨登太霞宮挹澁把玉蘭夕入玄元闕采蘂掇瑯玕濯足匏瓜河織女立津盤吐納挹景雲味之當一餐紫微何濟濟璚輪服朱丹朝發汗漫府暮宿勾陳垣去去道不同且各體所安二儀設猶存奚疑億萬椿莫與世人說行尸言此難

漢武帝車子侯歌洞仙傳曰車子侯者扶風人漢武帝愛其清淨乃稍遷其位至侍

中一朝語家云我今補仙官此春應去至夏中當暫還還遂少時復去如其言武帝思之乃作歌漢武帝集曰奉車子侯暴病一日死上甚悼之乃自爲歌詩藝苑卮言曰幽蘭秀蕈的爲傳詒

嘉幽蘭兮延秀蕈妖嬌兮中溏華斐斐兮麗景風爽回兮流芳皇天兮無慧至人逝兮仙鄉天路遠兮無期不覺涕下兮霑裳

蘇耽歌

蘇耽桂陽人少以至孝著稱一日白母道果已圓升舉有日母曰吾獨恃爾爾去吾何依耽乃留一櫃封鑰甚固若有所需告之如所願也預爲植橘鑿井及郡人大疫但食一橘葉飲一泉水即愈而後一鶴降郡屋久而不去郡僚子弟彈之鶴乃舉足畫屋若書字焉辭云

鄉原一別重來事非甲子不記陵谷遷移白骨蔽野青山舊時翹足高屋下見羣兒我是蘇仙彈我何爲翻身

雲外却返吾居一云耽騎白鶴來止郡城東北樓上人或挾彈彈之鶴以爪攫樓板似漆書云城郭雖是人民非三百甲子一來歸我是蘇仙彈我何爲

丁令威歌見雲笈七籤搜神記曰遼東城門有華表柱忽有一白鶴集柱頭時有少年舉弓欲射之鶴乃飛裴回空中而言遂高上冲天今遼東諸丁云其先世有昇仙者不知名字

有鳥有鳥丁令威去家千歲今來歸城郭如故人民非何不學仙塚壘壘洞仙傳曰丁令威者遼東人少隨師學得仙道分身任意所欲嘗蹔歸化爲白鶴集郡城門華表柱頭言曰我是丁令威去家千歲今來歸城郭如舊人民非何不學仙離塚壘壘遼東諸丁譜載令威漢初學道得仙修文殿御覽所引云城郭是人民非何不學仙上去空伴塚壘壘

張麗英石鼓歌金精山記曰漢時張芒女名麗英面有奇光不照鏡但對白紈扇如鑑焉長沙王吳芮聞其異質領兵來聘女時年十五聞芮來乃登此山仰臥披髮覆于石鼓之

下人謂之死芮使人往視之忽見紫雲鬱起遂失女所在石上留歌一首至今石鼓一處黑色直下狀女垂髮時人號爲張女髮

石鼓石鼓悲哉下土自我來觀民生實苦哀哉世事悠悠我意我意不可辱兮王威不可奪余志有鸞有鳳自歌自舞凌雲歷漢遠絕塵羅世人之子其如我何暫來期會運往卽乖父兮母兮無傷我懷 歌舞二字疑倒

衛羅國王女配瑛靈鳳歌 洞玄本行經曰西方衛羅國王有女字曰配瑛與鳳共處於是靈鳳常以羽翼扇女而後十二年中女忽有胎王意恠之因斬鳳頭埋著長林丘中女後生女名曰皇妃王女思靈鳳之遊好駕而臨之長林丘中歌曰云云是鳳鬱然而生抱女俱飛遥入雲中

杳杳靈鳳綿綿長歸悠悠我思永與願違萬劫無期何時來飛

葛仙公歌 三首真仙通鑑仙公諱玄字孝先句容人生而秀頴天才超軼名振江左州郡辟爲掾固辭乃入赤城山精思學道赤烏七歲八月十五日白日昇天弟子鄉朋攀戀不已於是仙公駐駕空中賦五言歌詩三篇降付鄉朋普令歌誦開悟方來

真人昔遺教愍念孤癡子變邪不信道禍亂由斯起身隨朝露晞悔恨何有已罪大不可掩流毒將誰理冥冥未出期劫盡方當止轉輪貧賤家仍復爲役使四體或不完蹴躃行乞市不知積罪報怨天神不恃大道常無爲弘之由善始吾今獲輕舉脩行立功爾三界盡稽首

從容紫宫裏停駕虚元中人生若流水臨別屬素翰粗
標靈妙紀
我今便昇天愍念諸儒英大道體虚無寂寂中有精視
之若冥昧窈窈中昭明莫言道虚誕所患不至誠奚不
登名山誦是洞眞經一諷而一詠玄音徹太清太上輝
金容衆仙齊應聲十方散香花旛煙栴檀馨皇娥奏九
韶鸞鳳諧和鳴龍駕翳空迎華蓋曜杳冥倏閃劫仞臺
帝釋欻降庭八王奉丹液挹漱身騰輕逍遥有無間流
朗絕形名神童俠侍側自然朝萬靈飄飄入景輿遊衍
白玉京七祖昇福堂先亾悉超生王侯能篤信必爲天

下貞大人體至德一切蒙其成散誕遊山水吐納靈和津鍊氣同希夷靜詠道德篇至心宗玄一冥感今乃宣飛駕御九龍飄飄乘紫煙華景耀空衢紅雲擁帝前暫迁蓬萊宮倏忽已賓天儵儵衆真會渺渺凌重玄體固無終劫金顏隨日鮮歡樂太上境悲念一切頑誰能離死壞結是冥中緣悠悠成至道無有入無間微妙良難測智者謂我賢若能弘衆妙輕舉昇神仙太一作仌頑一作人

四真人降魏夫人歌真仙通鑑曰魏夫人齋于別寢忽有太極真人方諸青童扶桑神王清虛真人來降授夫人八索隱書黃庭等經於是四真吟唱各命玉女彈琴擊鍾吹

簫合節而發太極發排空之歌青童吟太霞之曲神王諷晨啓之章清虛詠駕欻之辭

太極真人歌

丹明煥上清八風鼓太霞廻我神霄輦遂造玉嶺阿咄嗟天地外九圜皆吾家上採日中精下飲黃月華靈觀空無中鵬路無間邪顧見魏賢安濁氣傷爾和勤研玄中思道成更相過九圜一作圍圍賢安夫人字更一作矢

方諸青童歌

太霞扇晨暉九氣無常形玄轡飛霄外八景乘高清手把玉皇袂攜我晨中生眄觀七曜房朗朗亦冥冥超哉魏氏子有心復有精玄挺自嘉會金書東華名賢安密

所研相期暘谷汧太霞扇晨暉一作七霞扇晨曜暘谷汧一作伊洛陽宮

扶桑神王歌

晨啓太帝室夕越匏瓜水碧海飛翠波連峰赤嶽峙浮輪雲濤際九龍同轡起虎旗鬱霞津靈風幡然理華存久樂道遂致高神擬拔徙三緣外感會乃方始相期陽洛宮道成携魏子虎一作羽華存夫人名

清虛眞人歌二首

欻駕控清虛褰回西華館瓊林旣神杪虎旂逐煙散慧風振丹旍明燭朗八煥解襟墉房裏神鈴鳴蒨粲棲景若林柯九絃玄中彈遺我積世憂釋此千年歎怡盼無

極已於夜復待旦瓊林既神妙一作華館瓊輪張墉一作[redacted]柯一作阿絃一作氣

紫霞儛玄空神風無綱領欻然滿八區侁爾豁靈境八窻無常朗有冥亦有炅洞觀三丹田寂寂生形景凝神泥丸內紫房何蔚炳大帝命我來有以應神挺相遇女弟子雲姿卓鑠整愧無郢石運益彼自然穎勤密攝生道泄替結災靑靈期自有時攜袂陟松嶺風一作方侁一作祝靈境一作虛靜丹一作景

王母贈魏夫人歌

西王母傳曰紫虛元君魏華存夫人清齋於陽洛隱元之臺西王母與金闕聖君降於臺中乘八景輿同詣清虛上宮傳玉清隱書四卷授華存是時三元夫人馮雙禮紫陽左仙石路成太極高仙伯延蓋公子西成眞人王方平太虛眞人南嶽赤松子

桐柏眞人王子喬等並降夫人小有清虛上宮絳房之中時夫人與王君爲賓主焉設瓊酥綠酒金觴四奏各命侍女陳曲成之鈞於是王母擊節而歌

駕我八景輿欻然入玉清龍旌拂霄漢虎旂攝朱兵逍遙玄津際萬流無暫停哀此去留會劫盡天地傾當盡無中景不死亦不生體彼自然道寂觀合太冥南嶽挺眞幹玉映輝頴精有任靡期事虛心自受靈嘉會絳河曲相與樂未央漢一作上精一作[redacted]期一作其

雙禮珠彈雲璈而答歌

玉清出九天神館飛霞外霄臺煥嵯峨靈夏秀蔚翳五華輿翠華八風扇綠氣仰吟消魔詠俯研智與慧萬眞

啓晨景唱期絳房會挺頡德音于神映乃拂沛天嶽凌空樣洞臺深幽遂遊海悟井隥履眞覺世穢儛輪宴重空簦魚自然㢠迴我大椿羅長謝朝生世

高仙盼遊洞靈之曲

玉皇又命歘生入隱室見上清元佔龜山君於是二眞乃各命侍女王延賢于廣運等彈雲林琅玕之璈安德音范四珠擊昆明之筑左抱容韓賢賓吹鳳鸞之簫趙運子李慶王捎流金之石辛白鵠鄭辟方燕婉來田雙連等四人合歌

玉室煥東霞紫輦浮絳晨華臺何眇目此宴飛天元清靜太無中眇眇躡景遷吟詠大洞章唱此三九篇曲寢大漠內神王方寸間寂室思靈暉何事苦林山須臾變哀翁廻爲孩中顔

太上宫中歌此歌正言耳目之經也南嶽夫人喻許長史

手把八雲氣英明守二童太眞握明鏡鑒合日月鋒雲儀拂高闕驕女坐玄房愈行愈鮮盛英靈自爾通

雲林與衆眞吟詩十首眞誥翼眞檢曰併衿接景楊安以灼然顯說凡所興有待無待諸詩及辭喻諷旨皆是雲林應降嬪偃侯事義並亦表著而南眞自是訓授之師紫微則下教之匠並不關儔結之例但中候昭靈亦似別有所在旣事未一時故不正的的爾其餘男眞或陪從所引或職司所任至如二君最爲領據之主今人讀此辭事若不悟斯理者永不領其旨故畧標大意宜共密之

駕欻敖八虛徊宴東華房阿母延軒觀朗嘯躡靈風我爲有待來故乃越滄浪

右英王夫人歌

乘飈遡九天自駕三秀嶺有待褰回盼無待故當淨滄浪奚足勞孰若越玄井

右紫微夫人答英歌

寫我金庭館鮮駕三秀畿夜芝披華鋒咀嚼充長饑高唱無逍遥各與無待歌空同酬靈音無待將如何鋒謂應作峰字

右桐柏山真人歌王子喬

朝遊鬱絶山夕偃高暉堂振轡步靈鋒無近於滄浪玄井三仞際我馬無津梁儵歘九萬間八維已相望有待

非至無靈音有所喪鋒謂應作峰字

右清靈眞人歌裴玄仁

龍旂舞太虛飛輪五嶽阿所在皆逍遥有感與冥歌無待愈有待相遇故得和滄浪奚足遼玄井不爲多鬱絶尋步間俱會四海羅豈若絶明外三刧方一過

縱酒觀羣惠儵忽四落周不覺所以然實非有待遊相

右中候夫人歌

遇皆歡樂不遇亦不憂衆影玄空中兩會自然疇

右昭靈李夫人歌

駕欻發西華無待有待間或眄五岳峰或濯天河津釋

輪尋虛舟所在皆纏綿芥子忽萬頃中有須彌山小大固無殊遠近同一緣彼作有待來我作無待親

右九華安妃歌

無待太無中有待大有際大小同一波遠近齊一會鳴絃玄霄顛吟嘯運八氣奚不酣靈液眄目娛九裔有無得玄運二待亦相益

右太虛南岳眞人歌赤松子

偃息東華靜揚軿運八方俯眄丘垤間莫覺五岳崇靈阜齊淵泉大小互相從長短無少多大椿須臾終奚不委天順縱神任空同

右方諸青童君歌

控飈扇太虛八景飛高清仰浮紫晨外俯看絕落冥玄心空同間上下弗流停無待兩際中有待無所營體無則能死體有則攝生東賓會高唱二待奚足爭命駕玉錦輪儛轡仰衺回朝遊朱火宮夕宴夜光池浮景清霞杪八龍正參差我作無待遊有待輙見隨高會佳人寢二待互是非有無非有定待待各自歸東賓東嶽上卿大茅君也

右南極紫元夫人歌

紫微夫人歌眞誥翼眞檢曰紫微夫人名青娥字愈音王母第二十女也晉興寧三年降楊羲之家按紫微夫人詩共十七首而此下三首爲歌故聊摘入

鼉闕鬱巍巍墉臺落月珠列坐九靈房叩璈吟太無玉簫和我神金醴釋我憂九月三日

又

宴酣東華内陳鈞千百聲青君呼我起折腰希林庭羽帔扇翠暉玉佩何鏗零俱指高晨寢相期象中冥紫微歌此

二篇

紫微夫人歌此考眞誥當是丙寅二月三十日此亦叙方諸東華之勝也

褰裳濟滌河遂見扶桑公高會太林墟賞宴玄華宮信道苟淳篤何不樓東峰

四月十四日夕右英夫人吟歌此曲雲林右英夫人名媚蘭字

中林王母第十三女受書爲雲林宮右英夫人
晉興寧三年諸眞同降於楊君按共詩二十五
首今亦董
取爲歌者

玄波振滄濤洪津鼓萬流駕景眄六虛思與佳人遊妙唱不我對清音與誰投雲中騁瓊輪何爲塵中趨

方諸宮東華上房靈妃歌曲 楊君記云東方赤氣中有言曰小鮮未烹鼎言我巖下悲當以此事諮啓司命故答稱此詩仍及下篇也

紫桂植瑤園朱華聲悽悽月宮生蕣淵日中有瓊池左拔員靈曜右掣丹霞暉流金煥絳庭八景絕煙迴綠蓋浮明朗控節命太微鳳精童華顏琳腴充長饑控晨揖太素乘歘翔玉墀吐納六虛氣玉嬪把巾隨彈璈南雲

扇香風鼓錦披叩商百獸舞六天攝神威儵欻億萬椿齡紀鬱巍巍小鮮未烹鼎言我巖下悲

太微玄清左夫人北停宮中歌曲停一作淳　晉興寧三年乙丑十二月十七日夜太元真人司命君書出此詩云是青童宮中內房曲恒吟讚此和神

鬱藹非真墟太無為我館玄公豈有懷縈蒙孤所難落鳳控紫霞轎鑾登晨岸寂寂無濛涯暉暉空中觀隱芝秀鳳丘逡巡瑤林畔龍胎嬰爾形八瓊廻素旦琅華繁玉宮結葩凌巖粲鵬扇絕億領拊翮扶霄翰西庭命長歌雲璈乘虛彈八風纏綠宇叢煙豁然散靈童擲流金太微啓壁案三元折腰舞紫皇揮袂讚朗朗扇景曜曄

曄長庚煥超軿聳明刃下眄使我惋顧哀地仙輩何爲棲林澗庭一作度

杜廣平常喜歌一章杜契字廣平京兆杜陵人建安初渡江依孫策黃武二年學道隱居華陽

淳景翳廣林曖日東霞升晨風儛六煙勃鬱八道騰五嶽何必秀名山亦足陵嶠首躡洞阜棲心潛中與吐納胎精氣玄白誰能勝保命君告許虎牙保命者三官保命司茅思和

敬玄子歌洞仙傳曰敬玄子者脩行中部之道存道守三一常歌曰

遥望崑崙山下有三項田借問田者誰赤子字元先上生烏靈木雙闕夾兩邊日月互相照神路帶中間採藥

三微嶺飲漱華池泉遨遊十二樓偃蹇步中原意欲觀
絳宮正值子丹眠金樓凭玉几華蓋與相連顧見雙使
者博著太行山長谷何崢嶸齊城相接鄰縱我飛龍轡
忽臨無極淵黃精生泉底芝草披岐川我欲將黃精流
丹在眼前徘徊飲流丹羽翼奮迅鮮意猶未策外子喬
提臂牽所經信自險所貴得神仙 鳥一作二 間一作天

郭四朝扣船歌 四首符泰時人見雲笈七籤洞仙傳曰郭四朝者燕人也秦時得道來句曲山南所住處作塘遏澗水令深基墉垣墻今猶有可識處四朝乘小船遊戲其中每扣船歌曰

清池帶靈岫長林鬱青葱玄鳥翔幽野悟言出從容鼓

櫬乘神波稽首希晨風未獲解脫期逍遥丘林中晨風謂上清玉晨之風非毛詩所稱鴥彼晨風之鳥也浪神九陔外研道遂全眞戢此靈鳳羽藏我華龍鱗高舉方寸物萬吹皆垢塵顧哀朝生蟪孰盡汝車輪女寵不蔽席男愛不盡輪朝生蜉蝣也以喻人之在世易致消歇蟪一作輩遊空落飛飈靈步無形方圓景煥明霞九鳳唱朝陽揮翮扇天津晻藹慶雲翔遂造太微宇挹此金梨漿逍遥玄陔表不存亦不亾玄陔九陔也皆八極之外九霞之頂名也飛登木星亦云朗東陽之陔故若士語盧敖云與汗漫期於九陔之上也駕欻舞神霄披霞帶九日高皇齊龍輪遂造九華室神

虎洞瓊林風雲合成一開闔幽冥戶靈變玄跡滅四朝為玉臺執蓋郎故云高皇齊龍輪　風雲一作香風

李仙君歌見桓真人昇仙記蜀華蓋山李桓仙君授道桓凱真人仙君一日謂凱曰金丹大藥子得之矣飛步隱身諸訣汝皆洞曉但未聞大道耳遂歌曰

金鼎天門開反童復嬰孩日月照崑崙真君自然來三年結黃雲千日成聖胎九年登金闕一紀升三台龍虎自然交上帝安金臺衆神仰天表忻慕心裹回于今受靈文專心如死灰積功十二年功畢登雲梯白光生圓象紫氣沖雲霓端虛念太乙浩劫天地齊

桓真人唱詩桓真人昇仙記曰陶隱居先生謂弟子曰寻夜夢神光滿室彩雲連霄有

金甲神人謂予曰明日有異人至汝當掃門待之日午桓凱真人果至披髮跣足唱詩曰

黄花生紫雲日月周天輪混混太虛中不與衆生羣崑崙十二峰上帝朝萬巡一日功行滿升空謁元君

武夷君人間可哀之曲 陸鴻漸武夷山記云武夷君地官也相傳每於八月十五日大會村人於武夷山上置幔亭化虹橋通山下村人既往是日太極玉皇太姥魏真人武夷君三座空中告呼村人爲曾孫汝等若男若女呼坐乃命鼓師張安凌等作樂行酒令歌師彭令昭唱人間可哀之曲其詞曰

天上人間兮會合疎稀日落西山兮夕鳥歸飛百年一餉兮志與願違天宮咫尺兮恨不相隨

内經真諺

子欲夜書當脩常居眉後小穴中爲上元六合之府主化生眼暉如瑩精光長珠徹童保鍊日神是眞人坐起之上道一名曰眞人常居

長生諺眞誥曰楊羲夢遊蓬萊山會蓬萊仙公洛廣休旣下山半見許主簿相逢於夾石之間公語主簿曰吾爲汝置酒四升在山上可往飲之此太平家酒治人腸也諺曰

欲得長生飲太平

古樂苑卷第五十一 終

古樂苑卷第五十二

西吴 梅鼎祚 補正
東越 吕胤昌 校閲

鬼歌曲辭 謠語附

鬼歌詩者斯爲志怪述異耳彼其取精已多游魂爲變著于聲響覃及歌吟寓宙大矣抑豈必盡誣誕哉今亦摘錄以庶夫存而不論焉

紫玉歌

搜神記曰吴王夫差小女名玉悅童子韓重欲嫁之不得乃結氣而死重游學歸往弔之玉形見於墓側顧重延頸而歌曰

南山有烏北山張羅意欲從君讒言孔多悲結成疹沒命黃壚命之不造寃如之何羽族之長名爲鳳皇一日

失雄三年感傷雖有衆鳥不爲匹雙故見鄙姿逢君輝光身遠心近何曾暫忘 意欲一作志願命一作身見去聲近一作邇曾一作當

郭長生吹笛歌 幽明錄曰永嘉中太山民巢氏先爲相縣令居在晉陵家婢採薪忽有一人追隨婢還家不使人見與婢宴飲輒吹笛而歌歌云

閑夜寂已清長笛亮且鳴若欲知我者姓郭字長生

王敬伯宛轉歌 晉書曰王敬伯會稽餘姚人爲衛佐休假還鄉過吳維舟渚中昇亭而宿是夜月華露輕敬伯鼓琴感劉惠明亡女告敬伯就體如平生敬伯撫琴而歌女乃和之

低露下深幕垂月照孤琴空絃益霄淚誰憐此夜心

歌宛轉情復哀願爲煙與霧氛氳同共懷 亦見續齊諧記已載前琴歌中無于敬伯前歌女歌小異今復載此

青溪小姑歌

二首　吳均續齊諧記曰會稽趙文部宋元嘉中爲東扶侍廨在青溪中橋

秋夜步月悵焉思歸乃倚門唱烏飛曲忽有青衣年十五六許詣門曰女郎聞歌聲有悅人者逐月遊戲故遣相問文部都不之疑遂邀暫過須臾女郎至年可十八九許容色絕妙謂文部曰聞君善歌能爲作一曲否文部即爲歌草生磐石下聲甚清美女郎顧青衣取箜篌鼓之泠泠似楚曲又令侍婢歌繁霜自脫金簪扣箜篌和之婢乃歌曰云云留連宴寢將旦別去以金簪遺文部文部亦贈以銀盌及瑠璃匕明日於青溪廟中得之乃知昨所見青溪神女也按于寶搜神記曰廣陵蔣子文嘗爲秣陵尉因擊賊傷而死吳孫權時封中都侯立廟鍾山異苑曰青溪小姑蔣侯第三妹也

日暮風吹葉落依枝丹心寸意愁君未知

歌闋夜已久繁霜侵曉幕何意空相守坐待繁霜落

盧山夫人女婉撫琴歌 祖台志恠曰建康小吏曹著見盧山夫人夫人命女婉與著相見婉見著欣悅命婢瓊林取琴出婉撫琴歌曰云云歌畢婉便還去

登廬山兮鬱嵯峨晞陽風兮拂紫霞招若人兮濯靈波欣良運兮暢雲柯彈鳴琴兮樂莫過雲龍會兮樂太和

陳阿登彈琴歌 幽明錄曰句章人至東野還暮不至門見路傍有小屋燈火因投寄止宿有一小女不欲與丈夫共宿呼鄰家女自伴夜共彈琴箜篌至曉此人謝去問其姓字女不答彈琴而歌曰云云明至東郭外有賣食母在市中此人寄坐因說昨所見母聞驚曰是我女近死葬於郭外

連綿葛上藤一緩復一緪欲知我名姓姓陳名阿登

陵欣歌 異苑曰建康陵欣景平中死於揚州作部尉辰當葬作部督夢欣云今爲獄公姥祖

夕有期莫由自反勞君解謝今得放遣督不信夜後又夢言辭轉切因歌一曲云督覺爲謝從此便絕

生時世上人死作獄中鬼不得還墳墓死沒有餘罪

聶包鬼歌劉叔敬異苑曰臨川聶包死數年忽詣南豐相沈道襲共飲其歌笑甚有倫次每歌云

花盈盈正聞行當歸不聞死復生

鬼仙歌謠出異苑

登阿儂孔雀樓遥聞鳳皇鼓下我鄒山頭彷彿見梁魯

燉煌父老夢語晉書曰涼後主歆字士業嗣父盛爲涼公領涼州牧護羌校尉士業立而宋受禪聞沮渠蒙遜南伐禿髮耨檀士業率步騎二萬攻張掖與蒙遜距戰爲蒙遜所害

先是有燉煌父老令狐熾夢白頭公衣帢而謂熾曰云云言訖忽不見士業小字桐椎至是而亡

南風動吹長木胡桐椎不中轂

窻呼祁孔賓晉書曰祁嘉字孔賓酒泉人少清貧好學年二十餘夜牕中有聲呼曰云云旦而逝去西至燉煌依學官誦書遂博通經傳精究大義西遊海渚教授門生張重華徵爲儒林祭酒在朝卿士郡縣守令受業者二千餘人竟以壽終

祁孔賓祁孔賓隱去來隱去來脩飾人世甚苦不可諸所得未毛銖所喪如山崖

相輪鈴音晉書曰劉曜自攻洛陽石勒將救之羣下咸諫以爲不可勒以訪佛圖澄澄曰相輪鈴音云云此偈語也支秀軍也替戾岡出也僕谷劉曜胡位也劬禿當捉也此言軍出捉

得躍也勸遂赴洛拒躍生擒之

秀支替戾岡僕谷劬禿當

鬼謠 異苑曰句章吳平門前忽生一株青桐樹上有謠歌之聲平惡而砍殺平隨軍北虜首尾三載死桐欻自還立於故根上又聞樹巔空中歌曰云云平尋歸如鬼謠

死樹今更青吳平尋當歸適聞殺此樹巳復有光輝

鐵臼歌 顏之推冤魂志

桃李花嚴霜當奈何桃李子嚴霜落巳

犬妖歌 述異記曰嘉興縣朱休之有一弟宋元嘉中兄弟對坐家有一犬來向休之蹲遍視二人遂搖頭而笑曰云云其家驚懼斬犬榜首路側至來歲梅花時兄弟相鬬弟奮戰傷兄官收治並被囚繫經歲得免至夏舉家時疾母及兄弟皆死

言我不能歌聽我歌梅花今年故復可奈汝明年何

鳥妖詩 南史曰陳之將亾有鳥一足集其殿庭以觜畫地成文曰云云解者以爲獨足蓋指後主獨行無衆茂草言荒穢也隋承火運草得火而後灰及後主至長安館於都水臺所謂上高臺當水開者其言皆驗

獨足上高臺茂草變爲灰欲知我家處朱門當水開

古樂苑卷第五十二終

古樂苑衍錄卷一

西吴　梅鼎祚　編次
東越　吕胤昌　校閲

總論

樂府　文心雕龍　梁劉勰

樂府者聲依永律和聲也鈞天九奏既其上帝葛天八闋爰乃皇時自咸英以降亦無得而論矣至於塗山歌於候人始爲南音有娀謠乎飛燕始爲北聲夏甲歎於東陽東音以發殷整思于西河西音以興音聲推移亦不一槩矣及夫庶婦謳吟土風詩官採言樂盲被律志

感絲篁氣變金石是以師曠覘風於盛衰季札鑒微於興廢精之至也夫樂本心術故響浹肌髓先王慎焉務塞淫濫敷訓冑子必歌九德故能情感七始化動八風自雅聲浸微溺音騰沸秦燔樂經漢初紹復制氏紀其鏗鏘叔孫定其容與於是武德興乎高祖四時廣於孝文雖摹韶夏而頗襲秦舊中和之響闃其不還暨武帝崇禮始立樂府總趙代之音撮齊楚之氣延年以曼聲協律朱馬以騷體製歌桂華雜曲麗而不經赤鴈羣篇靡而非典河間薦雅而罕御故汲黯致譏於天馬也至宣帝雅頌詩效鹿鳴邇及元成稍廣淫樂正音乖俗其

難也如此暨後郊廟惟襍雅章辭雖典文而律非䕫曠至于魏之三祖氣爽才麗宰割辭調音靡節平觀其北上衆引秋風列篇或述酣宴或傷羈戍志不出於滔蕩辭不離於哀思雖三調之正聲實韶夏之鄭曲也逮於晉世則傅玄曉音創定雅歌以詠祖宗張華新篇亦充庭萬然杜夔調律音奏舒雅荀勗改懸聲節哀急故阮咸譏其離聲後人驗其銅尺和樂精妙固表裏而相資矣故知詩爲樂心聲爲樂體樂體在聲聲師務調其器樂心在詩君子宜正其文好樂無荒晉風所以稱遠伊其相謔鄭國所以云亾故知季札觀辭不直聽聲而已

若夫豔歌婉孌怨志詄絕淫辭在曲正響焉生然俗聽飛馳職競新異雅詠溫恭必欠伸魚睨奇辭切至則拊髀雀躍詩聲俱鄭自此階矣凡樂辭曰詩詩聲曰歌聲來被辭辭繁難節故陳思稱李延年閑於增損古辭多者則宜減之明貴約也觀高祖之詠大風孝武之歎來遲歌童被聲莫敢不協子建士衡咸有佳篇並無詔伶人故事謝絲管俗稱乖調蓋未思也至於斬疑軒伎鼓吹漢世鐃挽雖戎喪殊事而並總入樂府繆襲所致亦有可算焉昔子政品文詩與歌別故略具樂篇以標區界

樂府總序 通志

宋鄭樵

古之達禮三一曰燕二曰享三曰祀所謂吉凶軍賓嘉皆主此三者以成禮古之達樂三一曰風二曰雅三曰頌所謂金石絲竹匏土革木皆主此三者以成樂禮樂相須以爲用禮非樂不行樂非禮不舉自后夔以來樂以詩爲本詩以聲爲用八音六律爲之羽翼耳仲尼編詩爲燕享祀之時用以歌而非用以說義也古之詩今之辭曲也若不能歌之但能誦其文而說其義可乎不幸腐儒之說起齊魯韓毛四家各爲序訓而以說相高漢朝又立之學官以義理相授遂使聲歌之音湮沒無聞然當漢之初去三代未遠雖經生學者不識詩而太

樂氏以聲歌肄業往往仲尼三百篇瞽史之徒例能歌
也柰義理之說既勝則聲歌之學日微東漢之末禮樂
蕭條雖東觀石渠議論紛紜無補於事曹孟德平劉表
得漢雅樂郎杜夔夔老矣久不肄習所得於三百篇者
惟鹿鳴騶虞伐檀文王四篇而已餘聲不傳太和末又
失其三左延年所得惟鹿鳴一笙每正旦大會太尉奉
璧羣臣行禮東廂雅樂常作者是也古者歌鹿鳴必歌
四牡皇皇者華三詩同節故曰工歌鹿鳴之三而用南
陔白華華黍三笙以贊之然後首尾相承節奏有屬今
得一詩而如此用可乎應知古詩之聲爲可貴也至晉

室鹿鳴一篇又無傳矣自鹿鳴一篇絶後世不復聞詩矣然詩者人心之樂也不以世之汙隆而存亾豈三代之時人有是心心有是樂三代之後人無是心心無是樂乎繼三代之作者樂府也樂府之作究同風雅但其聲散佚無所紀繫所以不得嗣續風雅而爲流通也按三百篇在成周之時亦無所紀繫有季札之賢而不別國風所在有仲尼之聖而不知雅頌之分仲尼爲此患故自衛返也問於太師氏然後取而正焉列十五國風以明風土之音不同分大小二雅以明朝廷之音有間陳周魯商三頌之音所以侑祭也定南陔白華華黍崇

丘由庚由儀六笙之音所以叶歌也得詩而得聲者三
百篇則繫於風雅頌得詩而不得聲者則置之謂之逸
詩如河水祈招之類無所繫也今樂府之行於世者章
句雖存聲樂無用崔豹之徒以義說名吳競之徒以事
解目蓋聲失則義起其與齊魯韓毛之言詩無以異也
樂府之道或幾乎息矣臣今取而繫之千載之下庶無
絕紐一曰短簫鐃歌二十二曲二曰鞞舞歌五曲三曰
拂舞歌五曲四曰鼓角橫吹十五曲五曰胡角十曲六
曰相和歌三十曲七曰吟歎四曲八曰四絃一曲九曰
平調七曲十曰瑟調三十八曲十一曰楚調十曲十二

曰大曲十五曲十三曰白紵歌五曲十四曰清商八十四曲凡二百五十一曲繫之正聲卽風雅之聲也一曰郊祀十九章二曰東都五詩三曰梁十二雅四曰唐十二和凡四十八曲繫之正聲卽頌聲也一曰漢三侯之詩一章二曰漢房中之樂十七章三曰隋房內二曲四曰梁十曲五曰陳四曲六曰北齊二曲七曰唐五十五曲凡九十一曲繫之別聲而非正樂之用也正聲之餘則有琴琴五十七曲別聲之餘則有舞舞二十三曲古者絲竹與歌相和故有譜無辭所以六詩在三百篇中但存名耳漢儒不知謂爲六亡詩也琴之九操十二引

以音相授並不著辭琴之有辭自梁始舞與歌相應歌主聲舞主形自六代之舞至于漢魏並不著辭也舞之有辭自晉始今之所繫以詩繫於聲以聲繫於樂舉三達樂行三達禮庶不失乎古之道也古調二十四曲征戍十五曲遊俠二十一曲行樂十八曲佳麗四十七曲別離十八曲怨思二十五曲歌舞二十一曲絲竹十一曲觴酌七曲宮苑十九曲都邑三十四曲道路六曲時景二十五曲人生四曲人物十曲神仙二十二曲梵竺四曲蕃胡四曲山水二十四曲草木二十一曲車馬六曲魚龍六曲鳥獸二十一曲襍體六曲總四百十九曲

不得其聲則以義類相屬分爲二十五門曰遺聲遺聲者逸詩之流也庶幾來者復得其聲則不失其所繫矣然三代既沒漢魏嗣興禮樂之來陵夷有漸始則風雅不分次則雅頌無別次則頌亾次則禮亾按上之回聖人出君子之作也雅也艾如張雉子班野人之作也風也合而爲鼓吹曲燕歌行其音本幽薊則列國之風也煌煌京洛行其音本京華則都人之雅也合而爲相和歌風者鄉人之用雅者朝廷之用合而用之是爲風雅不分然享大禮也燕私禮也享則上兼用下樂燕則下得用上樂是則風雅之音雖異而享燕之用則通及明

帝定四品一曰大予樂郊廟上陵用之二曰雅頌樂辟雍享射用之三曰黃門鼓吹樂天子宴羣臣用之四曰短簫鐃歌樂軍中用之古者雅用於人頌用於神武帝之立樂府采詩雖不辨風雅至於郊祀房中之章未嘗用於人事以明神人不可以同事也今辟雍享射雅頌無分應用頌者而改用大予應用雅者而改用黃門不知黃門大予於古爲何樂乎風雅通歌猶可以通也雅頌通歌不可以通也曹魏準鹿鳴作於赫篇以祀武帝準騶虞作巍巍篇以祀文帝準文王作洋洋篇以祀明帝且清廟祀文王執兢祀武主莫非頌聲今魏家三廟

純用風雅此頌之所以亡也頌亡則樂亡矣是時樂雖亡禮猶存宗廟之禮不用之天明有尊親也鬼神之禮不用之人知有幽明也梁武帝作十二雅郊廟明堂三朝之禮展轉用之天地之事宗廟之事君臣之事同其事矣樂之失也自漢武始其亡也自魏始禮之失也自漢明始其亡也自梁始禮樂淪亡之所由不可不知也

正聲序論

古之詩曰歌行後之詩曰古近二體歌行主聲二體主文詩爲聲也不爲文也浩歌長嘯古人之深趣今人既不尚嘯而又失其歌詩之旨所以無樂事也凡律其辭

則謂之詩聲其詩則謂之歌作詩未有不歌者也詩者樂章也或形之歌詠或散之律呂各隨所主而命主於人之聲者則有行有曲散歌謂之行入樂謂之曲主於絲竹之音者則有引有操有吟有弄各有調以主之攝其音謂之調總其調亦謂之曲凡歌行雖主人聲其中調者皆可以被之絲竹凡引操吟弄雖主絲竹其有辭者皆可以形之歌詠蓋主於人者有聲必有辭主於絲竹者取音而已不必有辭其有辭者通可歌也近世論歌行者求名以義彊生分別正猶漢儒不識風雅頌之聲而以義論詩也且古有長歌行短歌行者謂其聲歌

之短長耳崔豹吳兢大儒也皆謂人壽命之短長當其時已有此說今之人何獨不然嗚呼詩在於聲不在於義猶今都邑有新聲巷陌競歌之豈爲其辭義之美哉直爲其聲新耳禮失則求諸野正爲此也孔子曰吾自衛反魯然後樂正雅頌各得其所亦謂雅頌之聲有別然後可以正樂又曰關雎樂而不淫哀而不傷亦謂關雎之聲和平聞之者能令人感發而不失其度若誦其文習其理能有哀樂之事乎二體之作失其詩矣縱者謂之古拘者謂之律一言一句窮極物情工則工矣將如樂乎樂府在漢初雖有其官然采詩入樂自漢武始

武帝定郊祀迺立樂府采詩夜誦則有趙代秦楚之謳莫不以聲爲主是時去三代未遠猶有雅頌之遺風及後人泥於名義是以失其傳故吳兢譏其不覩本章便斷題取義贈利涉則述公無渡河慶載誕乃引烏生八九子賦雉子斑者但美繡頸錦臆歌天馬者惟敘驕馳亂蹋其間有如劉猛李餘輩賦出門行不言離別將進酒乃敘烈女事用古題不用古義知此意者葢鮮矣然使得其聲則義之同異又不足道也自永嘉之亂禮樂日微日替暨隋平陳得其一二則樂府之清商也文帝聽而善之曰此華夏正聲也乃置清商府博采舊章以

爲樂之所本在此自隋之後復無正聲至唐能合于管絃者明君楊叛兒驍壺春歌秋歌白雪堂堂春江花月夜八曲而已不幾於亡乎臣謹考擵古今編繫節奏庶正聲不墜於地矣

漢短簫鐃歌二十二曲 亦曰鼓吹曲按漢晉謂之短簫鐃歌南北朝謂之鼓吹曲觀李白作鼓吹入朝曲亦曰鐃歌列騎次颯沓引公卿則知唐時猶有遺音但大樂氏失職耳

朱鷺 鷺惟白色漢有朱鷺之祥因而爲詩梁元帝放生碑云玄龜夜夢終見取於宋王朱鷺晨飛尚張羅於漢后謂此也魏曰楚之平吳曰炎精缺晉曰靈之祥梁曰木紀謝北齊曰水德謝言魏謝齊興也後周曰玄精季言魏道陵遲太祖肇開王業也

思悲翁 魏曰戰滎陽吳曰漢之季晉曰宣受命梁曰賢首山北齊

曰出山東言神武戰廣阿破爾朱兆也後周曰征隴西言太祖誅侯莫陳悅埽清隴右也

艾如張 魏曰獲呂布吳曰擄武師晉曰征遼東梁曰桐柏山北齊曰戰韓陵言神武滅四胡定京洛也後周曰迎魏帝言武帝西幸太祖奉迎宅關中也

上之回 魏曰克官渡吳曰烏林晉曰宣輔政梁曰道亡[redacted]北齊曰殄關隴言神武遣侯莫陳悅誅賀拔岳定關隴也後周曰平竇泰言太祖計平竇泰也

擁離 魏曰舊邦吳曰秋風晉曰時運多難梁曰抗威北齊曰滅山胡言神武屠蠡升高車而蠕蠕向化也後周曰復弘農言太祖收復陝城關東震懼也

戰城南 魏曰定武功吳曰克皖城晉曰景龍飛梁曰漢東流北齊曰立武定言神武立魏主遷都於鄴而定天下也後周曰克沙苑言太祖俘齊軍十萬於沙苑神武脫身遁也

巫山高 魏曰屠柳城吳曰關背德晉曰平王衡梁曰鶴樓峻北齊曰戰芒山言神武克周師也後周曰戰河陰言太祖破神武於河上斬其三將也

上陵 漢章帝元和三年帝自作詩四篇一曰思齊姚皇二曰六麒麟三曰竭蕭雝四曰陟屺與鹿鳴承元氣二曲為宗廟食舉又以重來上陵二曲合八曲為上陵食舉據此所言則上

陵自是八曲之一名或作于章帝之前亦不可知蓋因上陵而爲之也魏曰平南荆吳曰通荆州晉曰文皇統百揆梁曰昬主恣淫慝北齊曰禽蕭明言梁遣明來寇爲清河王岳所禽也後周曰平漢東言太祖命將平隨羣安陸也

將進酒 魏曰平關中吳曰章洪德晉曰因時運梁曰石首篇北齊曰破侯景言清河王岳破侯景復河南也後周曰取巴蜀言太祖遣軍平定蜀地也

有所思亦曰嗟佳人 漢太樂食舉十三曲第七曰有所思漢人亦以此樂侑食魏曰應帝期吳曰順歷數晉曰惟庸蜀梁曰期運集北齊曰嗣丕基言文宣帝也後周曰拔江陵言太祖命將禽蕭繹平南土也

芳樹 魏曰邕熙吳曰承天命晉曰天序梁曰於穆北齊曰克淮南言文宣遣清河王岳禽梁司徒陸法和克壽春盡取江北之地也後周曰受魏禪言閔帝受魏禪作周也

上邪 魏曰太和吳曰元化晉曰大晉承運期梁曰惟大梁北齊曰平翰海言文宣命將滅蠕蠕國也後周曰宣重光言明帝入承大統也

君馬黃 晉曰金靈運北齊曰定汝潁言文襄遣清河王岳禽周將王思政於長葛汝潁悉平也後周曰哲皇出言高祖之聖德也如張正見蔡知君之流只

言馬而已按謝爕云或聽鐃歌曲惟吟君馬黃古人知音別曲見於賦詠者如此後世只於言語上計較此道無聞

雉子班

晉曰於穆我皇北齊曰聖道洽言文宣之德無思不服也後周曰平東夏言高祖禽齊王於青州一舉定山東也按吳兢所引古辭云雉子高飛北黃鵠高飛已千里雄來飛從雌視以爲始作之辭然樂府之題亦如古詩題所謂關雎葛覃之類只取篇中一二字以命詩初無義也後人即物即事而賦故於題有義據此古詞無雉子班之語往往雉子之班作復在此古辭之前吳兢未之見也如吳均可憐雉子班又後人所作也

聖人出

晉曰仲春振旅北齊曰受魏禪言文宣受禪應天順人後周曰禽明徹言高祖遣將克陳將吳明徹而俘之也

臨高臺

晉曰夏苗田北齊曰服江南言梁主蕭繹來附化也

遠如期

亦曰遠期

漢太樂食舉十三曲一曰鹿鳴二曰重來三曰初造四曰俠安五曰來歸六曰遠期七曰有所思八曰明星九曰清涼十曰涉大海十一曰大置十二曰承元氣十三曰海淡淡魏時以遠期承元氣海淡淡三曲多不通利故省之及晉荀勗傅玄之流並爲歌辭晉曰仲秋獮田北齊曰刑罰中言孝昭舉直措枉

獄訟無怨也 石留 晉曰順天道北齊曰遠夷至言至海外西夷諸國遣使朝貢也 務成 晉曰唐堯 北齊曰嘉瑞臻言聖王應期河清龍見符瑞總至也 玄雲 北齊曰成禮樂言功成化洽制禮作樂也 黃爵行 晉曰伯益 釣竿篇 伯常子避仇河濱爲漁父其妻思之而爲釣竿歌每至河側輒歌之後司馬相如作釣竿詩遂傳以爲樂曲

漢鞞舞歌五曲

關中一作東有賢女 魏曰明明魏皇帝晉曰洪業篇 章和二年中 漢章帝所造魏曰太和有聖帝晉曰天命篇 樂久長 魏曰魏歷長晉曰景皇篇 四方皇 魏曰天生烝民晉曰大晉篇 殿前生桂樹 魏曰爲君旣不易晉曰明君篇

拂舞歌五曲

白鳩篇 亦曰白鳧舞以其歌且舞也亦入清商曲 濟濟篇 獨祿篇 李白作獨鹿

碣石篇晉樂奏魏武帝分爲四篇一曰觀滄海二曰冬十月三曰土不同四曰龜雖壽　淮南王篇舊說淮南王安求仙遂與八公相攜而去其家臣小山之徒思戀不已乃作是歌此則恢誕家爲此說耳不然亦是後人附會也

按拂舞五篇並晉人採集三國之前所作惟白鳧不用吳舊歌而更作之命以白鳩焉

鼓角橫吹十五曲

黄鵠一作鶴吟　隴頭吟亦曰隴頭水　望行人　折楊柳　關山月　洛陽道　長安道　豪俠行亦曰俠客行　梅花落胡笳曲　紫騮馬　驄馬復有驄馬驅非橫吹曲　雨雪　劉生　古劍行　洛陽公子行

按此有十五曲後之角工所傳者只得梅花耳今太常所試樂工第三等五十曲抽試十五曲及鳴角人習到大梅花小梅花可汗曲是梅花又有小大之別也然角之制始於胡中國所用鼓角蓋習胡角而爲也黃帝之說多是謬悠況鼓角與胡角聲類既同故其曲亦相參用而梅花之辭本於胡笳今人謂角鳴爲邊聲初由邊徼所傳也關山月洛陽道長安道豪俠行梅花落紫騮馬驄馬八曲後代所加也

胡角十曲

黃鵠吟　隴頭角吟亦曰隴頭水　出關　入關　出塞　入塞　折楊柳　黃覃子　赤之楊　望行人

右胡角者本以應胡笳之聲後漸用之故橫吹有雙角卽胡樂也漢博望侯張騫入西域傳其法惟得摩訶兜勒二曲是爲胡曲之本摩訶兜勒皆胡語也協律校尉李延年因胡曲更新聲二十八解其法乘輿以爲武樂後漢以給邊將魏晉以來二十八解不復具存但用十曲而已鼓角用之一本出於胡角

相和歌三十一曲

江南曲　度關山亦曰度關曲　長歌行　薤露歌亦曰薤露行亦曰天地夾歌亦曰挽柩歌　蒿里傳亦曰蒿里行亦曰泰山吟行　雞鳴亦曰雞鳴高樹巔　對酒行　烏生八九子　平陵東　陌上桑亦曰豔歌羅敷行亦曰日出東南隅行亦曰日出行亦曰採桑曲曹魏改曰望雲曲　短歌行亦曰鰕䱇　燕歌行　秋胡行亦曰陌上桑亦曰採桑亦曰在昔　苦寒行亦曰吁嗟　董逃行　塘上行亦曰塘上辛苦行　善哉行亦曰日苦短　東門行　西門行　煌煌京洛行　豔歌

何嘗行亦曰飛鵠行　步出夏東門行亦曰隴西行　野田黃雀行　滿歌行　櫂歌行　鴈門太守行　白頭吟　氣出唱　精列　東光

右漢舊歌也曰相和歌者並漢世街陌謳謡之辭絲竹更相和合執節者歌之按詩南陔之三笙以和鹿鳴之三雅由庚之三笙以和魚麗之三雅者相和歌之道也本一部魏明帝分爲二部更遞夜宿始十七曲魏晉之世朱生善琵琶宋識善擊節列和善吹曲等復爲十三曲自短歌行以下晉荀勗採撰舊詩施用以

代漢魏故其數廣焉

相和歌吟漢四曲

大雅吟　王昭君　楚妃歎　王子喬

右張永元嘉技錄四曲

相和曲四絃一曲

蜀國四絃

右張永元嘉技錄有四弦一曲

相和歌平調七曲

長歌行　短歌行亦曰鰕䱓　猛虎行　君子行　燕歌行　從軍行　鞠歌行

右宋王僧虔大明三年宴樂技錄

相和歌清調六曲 三婦豔詩一曲附

苦寒行　豫章行　董逃行　相逢狹路間行亦曰長安有狹斜行亦曰相逢行　三婦豔詩亦曰大婦織綺羅中婦織流黃　塘上行　秋胡行

右王僧虔技錄清調六曲也其三婦豔詩技錄不載張氏云非管弦音聲所寄似是命笛理弦之餘

相和歌瑟調三十八曲

善哉行亦曰日苦短　步出夏門行亦曰隴西行　折

楊柳　西門行　東門行　東西門行　却東西門行
順東西門行　飲馬長城窟行亦曰飲馬行　上留田
行　新城安樂宮行　婦病行　孤子生行亦曰孤兒
行亦曰放歌行　大牆上蒿行　野田黃雀行　釣竿
行　臨高臺行　長安城西行　武舍之中行　鴈門
太守行　豔歌何嘗行亦曰飛鵠行　豔歌福鍾行
豔歌雙鴻行　煌煌京洛行　帝王所居行　門有車
馬客行　牆上難爲趨行　日重光行　月重輪行
蜀道難　櫂歌行　有所思行　蒲坂行　採梨橘行
白楊行　胡無人行　青龍行　公無渡河行亦曰箜

篌行

右王僧虔技錄

相和歌楚調十曲

白頭吟行　泰山吟行　梁甫吟行　東武吟亦曰東武琵琶吟行　怨詩行亦曰怨歌行亦曰明月照高樓　長門怨亦曰阿嬌怨　班婕妤亦曰婕妤怨　娥眉怨　玉階怨　襍怨

右王僧虔技錄五曲自長門怨以下五曲續

附

大曲十五曲

東門東門行 西山折楊柳行 羅敷豔歌羅敷行 西門西門行

默默折楊柳行 園桃煌煌京洛行 白鵠豔歌何嘗行 碣石步出夏門行

何嘗豔歌何嘗行 置酒野田黃爵行 爲樂滿歌行 夏門步出夏門行

王者布大化櫂歌行 洛陽令雁門太守行 白頭吟

白紵歌一曲古辭梁武改爲子夜吳聲四時歌四

曲共五曲

白紵歌白紵歌有白紵舞白鳧歌有白鳧舞並吳人之歌舞也吳地出紵又江鄉水國自多鳧鷺故興其所見以寓意焉始則田野之作後乃大樂氏用焉其音入清商調故清商七曲有子夜者卽白紵也在吳歌爲白紵在雅歌爲子夜梁武令沈約更制其辭焉

右白紵與子夜一曲也在吳爲白紵在晉爲子夜故梁武本白紵而爲子夜四時歌後之爲此歌者曰白紵則一曲曰子夜則四曲今取白紵於白紵取四時歌於子夜其實一也

清商曲七曲附五十曲并實樂四十一曲除內七曲同實計八十四曲

子夜亦曰子夜吳聲四時歌亦曰子夜吳歌子夜之音同於白紵皆清商調也故梁武本白紵而爲子夜吳聲四時歌明此子夜亦有晉聲者其實不離清商

前溪晉車騎將軍沈玩所作舞曲

烏夜啼宋臨川王義慶所作蓋詠其妾也

石城樂宋臧質所作石城在景陵

莫愁樂出於石城之作古又有莫愁洛陽女非此

襄陽樂宋隨王誕始爲襄陽郡元嘉末仍爲雍州夜聞諸女歌謠因爲之辭焉宋劉道彥爲雍州有惠化百姓歌之謂

之襄陽樂
非此也
詵則委巷之談流入風騷人
口中故供其賦詠至今不絕

王昭君亦曰王嬙亦曰王明君若以爲延壽畫圖之

右按清商曲亦謂之清樂出於清商三調所謂平調清調瑟調是也三調者乃周房中樂之遺聲漢魏相繼至晉不絕永嘉之亂中朝舊曲散落江右而清商舊樂猶傳江左所謂梁宋新聲是也元魏孝文纂漢收其所獲南音謂之清商樂即此等是也隋平陳因置清商府傳採舊曲若巴渝白紵等曲皆在焉自此漸廣雖經喪亂至唐武后時猶存六十三

曲其傳者有焉

白雪楚曲也或云周曲唐顯慶二年十月太常寺奏按張華博物志云白雪是黃帝使素女鼓五十絃瑟曲名以其調高人和遂寡自宋玉以來迄今千祀未有能歌白雪者臣今准勑依琴中舊曲定其宮商然後教習並合於歌輒以御製雪詩爲白雪歌辭又樂府奏正曲之後皆有送聲君唱臣和事彰前史輒取侍中許敬宗等奏和雪詩十六首以爲送聲各十六節上善之乃付太常編於樂府　公莫舞即巾舞也　巴渝本舞名郎鞞舞也　明君　明之君漢鞞舞曲梁武改其曲辭以歌君德　鐸舞漢曲　白鳩吳拂舞曲　白紵吳舞　子夜晉曲　吳聲四時歌梁曲　前溪晉曲　阿子歌亦曰歡聞歌晉穆帝升平初童子輩或歌於道歌畢輒呼阿子汝聞否又呼歡聞否以爲送聲後人演其聲爲二曲宋齊間用莎乙子之語稍訛異也　團扇郎　懊儂儂亦作惱齊高帝謂之中朝歌　長史變晉司徒左長史王廞臨敗所作　丁督護亦曰丁都護亦曰督戶歌　讀曲

烏夜啼宋臨川王義慶作估客樂齊武帝所作也石城樂宋臧質作莫愁出於石城襄陽亦曰襄陽樂宋隨王誕作烏夜飛亦曰棲烏夜飛宋荊州刺史沈攸之所作楊叛兒亦曰西曲楊叛兒本童謠也雅歌未詳所起驍壺投壺樂也隋煬帝所造以投壺有躍矢爲驍壺今謂之驍壺是常林歡常林聚長林也今之荊門長林縣是也樂人誤以長爲常此則梁宋間曲也宋代以荊雍爲南方重鎮皆王子爲之牧江左辭詠莫不稱之以爲樂土故宋隨王誕作襄陽樂齊武追憶樊鄧作估客樂是也三洲商人之歌也採桑度三州曲所出也與羅敷秋胡行所謂採桑者異矣玉樹後庭花堂堂陳後主所作者唐高宗朝常歌之泛龍舟隋煬帝幸江都宮作春江花月夜隋煬帝所作

右三十三曲明之君雅歌各二首四時歌四首凡三十八曲又有四曲上林鳳雛平折命

嘯其聲與辭皆訛失又有三曲曰平調清調瑟調有聲無辭又蔡邕云清商曲其詩不足採有出郭西門陸地行車佽鐘朱堂寢奉法五曲往往在漢時所謂清商者但尚其音爾晉宋間始尚辭觀吳競所纂七曲皆晉宋間曲也故知梁宋新聲有自來矣因隋文帝篤好清樂以爲華夏正聲故特盛於隋焉大業中煬帝乃定清樂西涼龜茲天竺康國疏勒安國高麗禮畢以爲九部

西涼五曲 楊澤新聲 神白馬 永世樂 萬世豐解 于闐佛舞

龜茲 萬歲樂 藏鉤樂

七夕相逢樂　玉女行觴　神仙留客　擲磚續命
投壺樂　舞席同心髻　汎龍舟　鬭雞子　鬭百草
善善　還舊宮　長樂花　十二時曲　摩尼
解　婆伽兒舞　小天舞　聖明樂　疏勒鹽　天

竺二曲沙后彊歌天曲樂舞　康國四曲戢殿農和正歌末奚波地舞曲前拔地舞

曲惠地舞曲　疏勒三曲兀利死遜歌遠服舞監曲解　安國三曲附薩

單時歌居和祗解末奚舞　高麗二曲芝栖歌芝栖舞　禮畢二曲單交路行

散花舞

禮畢者九部樂終則陳之唐高祖即位仍隋
制亦設九部樂曰燕樂伎曰清商伎曰西涼
伎曰天竺伎曰高麗伎曰龜茲伎曰安國伎
曰疏勒伎曰康國伎其實皆主於清商焉

琴操五十七曲九引十二操三十六雜曲

思歸引亦曰離拘操舊說衞賢女之所作也但有聲至晉石崇始作辭但述其思歸河陽所居而已劉孝威胡地憑良馬亦只言思歸之狀

走馬引樗里牧恭所作也又張敞爲京兆尹無威儀時罷朝會走馬章臺街時人鄙笑之有駁君馬者路傍兒之語故張率詩曰吾畏路傍兒

霹靂引亦曰吟白虎亦曰舞玄鶴楚商梁所作商梁出游九皐之澤遇風雷霹靂懼而歸作此引又晉平公召師曠援琴而鼓清徵一奏有玄鶴二八來集再奏而列三奏延頸而鳴舒翼而舞所謂舞玄鶴者蓋本於此往往其音不殊故合爲一不然則本舞玄鶴之聲而爲霹靂引

列女引亦曰操楚樊姬作也

伯妃引魯伯妃作

琴引秦時屠高門作

楚引亦曰龍丘引楚龍丘子高引

貞女引魯女所作

箜篌引亦曰公無渡河亦曰箜篌謠朝鮮津卒霍里子高妻麗玉所作麗玉以其聲傳鄰女麗容名曰箜篌引舊史稱漢武帝滅南粵祠太一后土令樂人侯

琿依琴造坎侯坎者聲也侯者工人姓也後語坎訛爲空然以臣所見今大樂有箜篌器何得如此說

右九引

將歸操世言孔子作　猗蘭操亦曰幽蘭操世言孔子作今此操只言猗蘭蓋省辭也　龜山操世言孔子作　越裳操世言周公作　拘幽操世言文王拘於羑里而作　岐山操世言周公爲太王作述古豳公之績患時黜武也或云周人爲文王所作　履霜操世言尹吉甫子伯奇作　雉朝飛操世言齊宣王時處士犢牧子作魏武帝有宮人盧女者陰叔之妹七歲入漢宮學鼓琴琴特鳴異爲新聲能傳此曲至魏明帝崩出降爲尹更生妻故得此聲不絶按楊雄琴清英曰雉朝飛操者衛女傅母之所作也據雄所記大縣與思歸操之言相類恐是訛易　別鶴操商陵牧子作此曲或云其時亦有雙鶴悲鳴故因以命操　殘形操世言曾子夢一貍不見其首以爲不祥而作此曲　水仙操世言伯牙所作　懷陵操世言伯牙所作

右十二操韓愈取十操以爲文王周公孔子曾子伯奇犢牧子所作則聖賢之事也故取之水僊懷陵二操皆伯牙所作則工技之爲也故削之嗚呼尋聲徇迹不識其所由者如此九流之學皆有義所述者無非聖賢之事然而君子不取焉者爲多誣言飾事以實其意所貴乎儒者爲能通今古審是非胷中了然異端邪說無得而惑也退之平日所以自待爲如何所以作十操以貽訓後世者爲如何臣有以知其爲邪說異端所襲愚師瞽史

所移也琴操所言者何嘗有是事琴之始也有聲無辭但善音之人欲寫其幽懷隱思而無所憑依故取古之人悲憂不遇之事而以命操或有其人而無其事或有其事又非其人或得古人之影響又從而滋蔓之君子之所取者但取其聲而已取其聲之義而非取其事之義君子之於世多不遇小人之於世多得志故君子之於琴瑟取其聲而寫所寓焉豈尚於事辭哉若以事辭爲尚則自有六經聖人所說之言而何取於工伎所志之事

哉琴工之爲是説者亦不敢鑿空以厚誣於人但借古人姓名而引其所寓耳何獨琴哉百家九流皆有如此惟儒家開大道紀實事爲天下後世所取正也蓋百家九流之書皆載理無所繫着則取古之聖賢之名而以已意納之於其事之域也且以卜筮家論之最與此相近也如以文王拘羑里而得明夷文王拘羑里或有之何嘗有明夷乎又何嘗有箕子遇害之事乎孔子問伯牛而得益孔子問伯牛實有之何嘗有益乎又何嘗有過其

祖之語乎琴操之所紀者皆此類也又如稗官之流其理只在脣舌間而其事亦有紀載虞舜之父杞梁之妻於經傳所言者數十言耳彼則演成萬千言東方朔三山之求諸葛亮九曲之勢於史籍無其事彼則肆爲出入琴操之所紀者又此類也顧彼亦豈欲爲此誣罔之事乎正爲彼之意向如此不得不如此不說無以暢其胷中也又如兎園之學其來已久其所言者無非周孔之事而不得爲正學不爲學者所取信者以意卑淺而言陋

俗也今觀琴曲之言正兎園之流也但其遺聲流雅不與他樂並肩故君子所尚焉或曰退之之意不爲其事而作也爲時事而作也曰如此所言則白樂天之諷諭是矣若懲古事以爲言則隋堤柳可以戒亡國若指今事以爲言則井底引銀缾可以止淫奔何必取異端邪說街談巷語以寓其意乎同是誕言同是飾說伯牙何誅焉臣今論此非好攻古人也正欲憑此開學者見識之門使是非不襍揉其間故所得則精所見則明無古無今

無愚無智無是無非無彼無已無異無同槩之以正道爍爍乎如太陽正照妖氛邪氣不可干也

河間襍弄二十一章　蔡氏五弄　雙鳳　雜鸞　歸風　送遠　幽蘭　白雪（太常丞呂才以唐高宗雪詩爲白雪歌被之以琴）長清　短清　長側　短側　清調　大遊　小遊　明君　胡笳　白魚歎　廣陵散（嵇康死後此曲遂絕往往後人本舊名而別出新聲也）楚妃歎　風入松　烏夜啼　楚明光　石上流泉　臨汝侯子安之　流漸涸　雙燕離　陽春弄　悅人弄　連珠弄　中揮清　暢志清　蟖行清

看客清　便僻清　婉轉清

右三十六襍曲

遺聲序論

遺聲者逸詩之流也今以義類相從分二十五正門二十附門總四百十八曲無非雅言幽思當採其目以俟可考今採其詩以入系聲樂府

古調二十四曲

古辭十九曲無名氏　擬行行重行行陸機　古意李白

淫思古意顏竣　古樂府權德輿

征戍十五曲　將帥門　從巡儀　城塞

戎行曲　遠征人　南征曲　老將行　將軍行　霍
將軍行　司馬將軍歌　長城　築城　古築城曲
塞上曲　塞下曲　古塞曲　邊思　校獵曲
游俠二十一曲
遊俠篇　俠客行　博陵王宮俠曲　臨江王節士歌
少年子　少年行　刺少年　邯鄲少年行　長安
少年行　羽林郎　輕薄篇　劒客　結客　結客少
年場　沐浴子　結襪子　結援子　壯士吟　公子
行　燉煌子　扶風豪士歌
行樂十八曲

遊子移　遊子吟　嘉遊亦曰喜春遊　王孫遊　棗
下何纂纂　攜手曲　樂未央　永明樂　今樂歌
吾生作宴樂　今日樂相樂　苦樂相倚曲唐元稹作　合
歡詩晉楊方作　定情篇漢繁欽作　還臺樂　河曲遊　行幸
甘泉宮　中行樂

佳麗四十七曲女功貞節　才慧

美女篇亦曰齊瑟行亦曰齊吟　美人　織女辭　錦
石擣流黃　丹陽孟珠歌　錢塘蘇小小歌　孫綽情
人碧玉歌　中山王孺子妾歌　吳王夫差女紫玉歌
董嬌嬈　烏孫公主　情人桃葉歌亦曰千金意桃葉

者王獻之妾名綠於篤愛所以作歌或云童謠　李夫人漢武帝悉李夫人令寫眞甘泉殿又令方士合靈藥曰反魂香以降夫人之魂髣髴其狀背燈隔帳不得語　楚妃吟　楚妃歎

楚明妃曲　杜秋娘金陵女年十五爲李錡妾錡叛滅籍之入宮有寵於景陵穆宗立命爲皇子傅母皇子封漳王鄭注事被罪放還故鄉其辭云勸君莫惜金縷衣勸君須惜少年時花開堪折直須折莫待無花空折枝　女秋蘭　木蘭辭　昭君歎　劉勳妻

焦仲卿妻　杞梁妻歌杞殖妻之妹朝日所作　湘夫人亦曰湘君亦曰湘妃　未央才人歌　邯鄲才人嫁爲厮卒婦　愛妾換馬　胡姬年十五　黃門倡　舞媚娘舞亦作武唐則天朝常歌此曲　五媚娘　妾薄命亦曰惟日月　妾安所居　皚如山上雪　燕美人　映水曲　蠶絲歌

貞女　孀婦吟　麗人行　上陽白髮人唐天寶五載已後楊貴妃專寵後宮人稀復進幸矣六宮有美色者輙置別所上陽是其一也貞元中尚存焉　繚綾　時世粧　王家少婦　委舊命　秦王卷衣　靜女辭

別離十九曲迎客

生別離　離歌　長別離　河梁別　春別曲　自君之出矣　送歸曲　思歸篇　送遠曲　母別子　寄衣曲　迎客曲　送客曲　遠別離　久別離　古離別　怨別　離怨一作褋怨　井底引銀瓶

怨思二十五曲

傷歌行　怨辭　青樓怨　春女怨　秋閨怨　閨怨

寒夜怨　征婦怨　綵書怨　鳳樓怨　綠墀怨
四愁　七哀　長相思　憂且吟　獨處愁　思公子
思君去時行　洛陽夫七思詩　湘妃怨　娼樓怨
西宮秋怨　西宮春怨　遺所思　獨不見
歌舞二十一曲技能
浩歌行　緩歌行　前緩聲歌　會吟行　同聲歌一
勞歌　悲歌行　上聲歌此因上聲促柱得名或用一調或用無調名如古歌辭所謂哀思之音不合中和梁武因之改辭無復雅句　大垂手舞而垂手也小垂手獨搖手亦然
小垂手　釣天曲　豔歌行古辭有翩翩堂前燕冬藏夏來見言兄弟流宕他之或言魏武始作
童謠　入朝曲　清歌發　獨舞調　嘯辭急聲

也至今猶存　正古樂　三臺辭舞辭也今猶存　齊謳行　吳趨曲齊謳者齊人之歌吳趨者吳人之舞故陸機所引牛山陸厥所言稷下皆齊地閶門乃吳門閭閻所行亦名破楚門千載而下欲爲齊謳者必本齊音欲爲吳趨者必本吳調

絲竹十一曲

挾琴歌　相如琴　薄暮動絃歌　鼓瑟有所思　趙琴　秦箏　龍笛曲　短簫　鳳笙　華原磬唐天寶中始廢泗濵磬用華原石代之詢諸磬人則曰故老云泗濵磬石調之不能和得華原石考之乃和由是不改

五絃彈

觴酌七曲

羽觴飛上苑　前有一樽酒　城南隅燕　當置酒

當壚　獨酌謠　山人勸酒

宮苑十九曲樓臺門闕

魏宮辭　玉華宮　長信宮　連昌宮　楚宮行　雍臺　凌雲臺　新成長樂宮　登樓曲　青樓曲　建興苑　芳林篇　上林　閶闔篇　駕言出北闕　坐玉堂　內殿賦新詩　西園遊上才　春宮曲

都邑三十四曲

名都篇亦曰齊瑟行　京兆歌　左馮翊歌　扶風歌

荊州樂　燉煌樂涼州之地也　青陽樂今青州　潯陽樂今江州　壽陽樂南平穆王爲荊河州作　涼州樂今屬西夏

按今之樂有伊州涼州甘州渭州之類皆西地也又按隋煬帝所定九部夷樂西涼龜茲天竺康居之類皆西夷也觀詩之雅頌亦自西周始凡是清歌妙舞未有不從西出者八音之音以金爲主五方之樂惟西是承雖曰人爲亦莫非稟五行之精氣而然

邯鄲歌 今趙州　長平行 秦白起所坑趙降兵處　故絳行 晉雖遷新田以舊地爲絳

西長安行　臨碣石 平州之地臨北海禹所導河從此入海故曰碣后送反潮

白銅鞮歌亦曰襄陽蹋銅鞮　南郡歌 今南陽也

荊州歌 今荊南府　陳歌　吳歌　鄴都引　蔡歌行　越

城曲　越謠　孟門行　燕支行　汾陰行　新昌里

洛陽陌　大堤曲　出自薊北門行　江南行　江南思　長干行

道路六曲

陰山道　太行路　行路難　變行路難　沙路曲

沙隄行

時景二十五曲

陽春歌楚曲　青陽歌　春日行　秋風辭　北風行

苦熱行　秋歌　朝歌　晨風歌　朝來曲　夜夜曲

夜坐吟　遥夜吟　春旦有所思　玄雲　朝雲

雷歌　驚雷歌　雪歌　胥臺露　白日歌　明月篇

明月子　日出行　日與月

人生四曲

百年歌陸機作十年爲一章共十章言句洮濫無可採　人生　老年行　老

詩

人物九曲

大禹　成連　湘東王　祖龍行　百里奚　項王亦曰蓋世　楚王曲　安定侯曲　李延年曲歌

神仙二十二曲隱逸漁父

步虛詞　神仙篇　外仙篇　升仙歌　升天行　仙

人篇　遊仙篇　仙人覽六著篇　海漫漫　桃源行

上雲樂亦曰洛濱曲　武溪深行一曰武陵深行　招隱本楚辭漢淮南王安小山所作言山中不可久留或言卽安所作也後人改爲五言若晉左思杖策招隱數篇是也晉王康琚又作反招隱舊說淮南書有小山亦有大山亦猶詩有小雅有大雅　反招隱　四皓　蕭史曲　方諸曲　王喬歌　元丹丘歌　紫溪翁歌序云紫溪翁過甪里先生舉酒相屬酧而歌　漁父　歸去來引

梵竺四曲

舍利弗　法壽樂　阿那瓌　摩多樓子

蕃胡四曲

于闐採花　高句麗　紀遼東隋煬帝爲遼東之役而作是詩　出蕃

曲

山水二十四曲登臨氾渡

桐柏山山在唐州桐柏縣淮水發源之處　華陰山在華州西嶽　巴東三峽歌　淫豫歌亦曰灔豫歌其辭云淫豫大如服瞿唐不可觸金沙浮轉多桂浦忌經過此舟人商客刺水行舟之歌亦非簡文所作也蜀江有瞿唐之患桂江有桂浦之難故過瞿唐者則準灔豫涉桂浦者則準金沙又有灔豫如馬瞿唐莫下灔豫如象瞿唐莫上之語是單言瞿唐也　河中之水歌　曲池之水歌　東海　小臨海歌　江上曲　江皐曲　方塘含白水歌　日暮望涇水　曲江登山曲　巫山　中流曲　濟黃河　渡易水曲　桂楫汎河中　登名山行　昆明春水滿此唐貞元中作也自唐後不都長安

昆明池遂爲民田矣　半路溪　汎水曲　幽澗泉

草木二十一曲採種花菓

赤白桃李花亦曰桃李唐高祖時歌　秋蘭篇　芙蓉花

採蓮曲　採菱曲　採菊　茱萸篇　蒲生歌　城上

麻　夾樹　夾樹有綠竹　綠竹　樹中草　冉冉孤

生竹取古詩第一句作題按何偃作此詩所言者婚姻之事　楊花曲　桃花曲

隋堤柳　種葛　江蘺生幽渚　浮萍篇　桑條太山入

迦葉志忠上桑條歌十二篇言韋后當受命

車馬六曲蟲豸

車遙遙篇　高軒過　白馬篇亦曰齊瑟行　驅車

天馬歌　八駿圖
魚龍六曲
尺蠖　應龍篇　飛龍篇　飛龍引　枯魚　捕蝗
鳥獸二十一曲
白虎行　烏栖曲　東飛伯勞歌　擬東飛伯勞　雙
燕　燕燕于飛　澤雉　滄海雀　空城雀　雀乳空
井中　鬬雞　晨雞高樹鳴　鴛鴦　鳴雁行　鴻雁
生塞北行　黃鵠飛上苑　飛來雙白鶴　雙翼　隻
翼　鳳凰曲　秦吉了
雜體六曲　隱語

雜曲　五雜組曲　寓言　雜體　藁砧亦曰藁砧今何在　兩頭纖纖

祀饗正聲序論

仲尼所以爲樂者在詩而已漢儒不知聲歌之所在而以義理求詩別撰樂詩以合樂殊不知樂以詩爲本詩以雅頌爲正仲尼識雅頌之旨然後取三百篇以正樂樂爲聲也不爲義也漢儒謂雅樂之聲世在太樂樂工能紀其鏗鏘鼓舞而不能言其義以臣所見正不然有聲斯有義與其達義不達聲無寧達聲不達義若爲樂工者不識鏗鏘鼓舞但能言其義可乎譚河安能止渴

畫餅豈可充飢無用之言聖人所不取或曰郊祀大事也神事也燕饗常事也人事也舊樂章莫不先郊祀而後燕饗今所采樂府反以郊祀爲後何也曰積風而雅積雅而頌猶積小而大積卑而高也所積之序如此史家編次失古意矣安得不爲之釐正乎

漢武帝郊祀之歌十九章

練時日一　帝臨二　青陽三　朱明四　西顥五

玄冥六　惟泰元七　天地八　日出入九　天馬十

天門十一　景星十二　齊房十三　皇后十四

華爗爗十五　五神十六　朝隴首十七　象載瑜十

八　赤蛟十九

班固東都五詩

明堂　辟雍　靈臺　寶鼎　白雉

臣謹按古詩風雅皆無序惟頌有序者以風雅者所采之詩也不得其始兼所用之時隨其事宜亦無定著或於一篇之中但取一二句以見意而已不必序也頌者係乎所作而獨用之廟樂不可用於郊天柴望不可用於講武所以蔡邕獨斷惟載頌序以爲祀典而風雅本無序也自齊魯韓毛四家之説起各

爲風雅之序度其初意只欲放頌詩之序而爲之其實不知風雅無用於序有序適足以惑頌聲也今觀漢武十九章郊祀歌即詩可見者則無序非憑詩可見者必言所作之始可謂得古頌詩之意矣風雅之詩皆不得其始其間有得於甘棠之美召伯常棣之思周公豈無一二以用之不繫於其始不必序也樂府之詩亦皆不得其始其間有得於採桑之女子渡河之狂夫豈無一二亦以用之不繫於其始不必序焉觀誦詩與郊祀之詩皆

言所作之始風雅詩與樂府所採之詩不言其始之作則可以知漢人之迹近於三代故詩章相襲自然相應如此後之人則遠矣按郊祀十九章皆因一時之盛事爲可歌也而作是詩各有其名然後隨其所用故其詩可采魏晉則不然但卽事而歌如夕牲之時則有夕牲歌降神之時則有降神歌既無偉績之可陳又無題命之可紀故其詩不可得而採如隋廟立舞酌獻登歌各逐時代而匪流通亦不可得而援也惟梁武帝本周九夏之

名以作十二雅庶可備編采之後

梁武帝雅樂十二曲

俊雅　皇雅　胤雅　寅雅　介雅　需雅　雍雅

滌雅　牷雅　誠雅　獻雅　禋雅

有宗廟之樂有天地之樂有君臣之樂尊親異制不可以不分幽明異位不可以無别按漢叔孫通始定廟樂有降神納俎登歌薦祼等曲武帝始定郊祀之樂有十九章之歌明帝始定黃門鼓吹之樂天子所以宴羣臣也嗚呼風雅頌三者不同聲天地宗廟君臣三

者不同禮自漢之失合雅而風合頌而雅其樂已失而其禮猶存至梁武十二曲成則郊廟明堂三朝之禮展轉用之天地宗廟君臣之事同其事矣此禮之所以亾也雖曰本周九夏而爲十二雅然九夏自是樂奏亦如九淵九莖可以播之絲竹有譜無辭而非雅頌之流也

唐雅樂十二和曲

豫和　順和　永和　肅和　雍和　壽和　太和

舒和　昭和　休和　正和　承和

祖孝孫本梁十二雅以作十二和故可采也
周太祖迎魏帝入關平荆州大獲梁氏之樂
乃更爲九夏之奏皇帝出入奏皇夏賓出入
奏昭夏蕃國客出入奏納夏有功臣出入奏
章夏皇后進羞奏齊夏宗室會聚奏族夏上
酒宴樂奏陔夏諸侯相見奏鶩夏雖曰本於
成周賓擯之樂抑亦取於梁氏十二雅有其
議而未能行後復變更大抵自兩朝以來祀
饗之章隨時改易任理不任音任情不任樂
明樂之人不能主樂主樂之司未必明樂所

行非所作所作非所行惟梁武帝自曉音律
又詔百司各陳所聞帝自斜擿前違裁成十
二雅付之大樂自此始定雖制作非古而音
聲有倫準十二律以法天之成數故世世因
之而不能易也

祀饗別聲序論

正聲者常祀饗之樂也別聲者非常祀饗之樂也出於
一時之事爲可歌也故備於正聲之後

漢三侯之章

大風歌亦曰風起之詩

右高祖既定天下過沛與故人父老飲極歡哀之情而作是詩令沛中童兒百二十人習而歌之至孝惠時以沛宫爲原廟令歌兒習吹以相和得以四時歌舞於廟常以百二十人爲之文景之間禮官亦肄業

漢房中祠樂十七章

房中樂本周樂秦改曰壽人漢惠改曰安世樂

右房中樂者婦人禱祠於房中也故宫中用之漢房中祠樂乃高祖唐山夫人所作也高祖好楚聲故房中樂楚聲也孝惠二年使樂

府令夏侯寬備其簫管更名曰安世樂

隋房内曲二首

地厚　天高

右高祖龍潛時頗好音樂常倚琵琶作歌二首名曰地厚天高託言夫婦之義因即取之爲皇后房内曲命婦人并登歌上壽並用之

梁武帝述佛法十曲

善哉　大樂　大歡　天道　仙道　神王　龍王

滅過惡　除愛水　斷苦轉

陳後主四曲

黃鸝留　玉樹後庭花　金釵兩臂垂（或言隋煬帝作）　堂堂

北齊後主二曲

無愁　伴侶

唐七朝五十五曲（舞曲夷樂並不在此）

傾盃曲　樂社樂曲　英雄樂曲　黃驄疊曲

右四曲太宗因內宴詔無忌等作之皆宮調
也

景雲河清歌　慶善樂　破陣樂　承天樂　一戎大
定樂　八紘同軌樂　夷美賓曲

右七曲高宗朝所作也

立部伎八曲

一安舞　二太平樂　三破陣樂　四慶善樂　五大定樂　六上元樂　七聖壽樂　八光聖樂

坐部伎六曲

一燕樂　二長壽樂　三天授樂　四鳥歌萬歲樂　五龍池樂　六小破陣樂　夜半樂　還京樂　文成曲　霓裳羽衣曲　玄真道曲　大羅天曲　紫清上聖道曲　景雲　九真　紫極　小長壽　承天樂　順天樂　君臣相遇樂曲　荔枝香　黎園法曲　涼州　伊州　甘州　千秋節

右三十四曲並明皇朝所作也

寶應長寧樂　廣平太一樂

右二曲代宗朝所作也

定難曲　中和樂　繼天誕聖樂　孫武順聖樂

右四曲德宗朝所作也

雲韶法曲　霓裳羽衣舞曲

右二曲文宗詔太常卿馮定采開元雅樂作也臣下功高者賜之樂又改法曲爲仙韶曲

萬斯年曲

右一曲武宗朝李德裕命樂工作萬斯年以

獻

播皇猷曲

右一曲宣宗每宴羣臣備百戲帝自製新曲

故有播皇猷之作

文武舞序論

古有六舞後世所用者韶武二舞而已後世之舞亦隨代皆有制作每室各有形容然究其所常用及其制作之宜不離是文武二舞也臣疑三代之前雖有六舞之名往往其事所用者亦無非是文武二舞故孔子謂韶盡美矣又盡善也武盡美矣未盡善也不及其他誠以

舞者聲音之形容也形容之所感發惟二端而已自古制治不同而治具亦不離文武之事也然雲門大咸大韶大夏大濩大武凡六舞之名南陔白華華黍崇丘由庚由儀凡六笙之名當時皆無辭故簡籍不傳惟師工以譜奏相授耳古之樂惟歌詩則有辭笙舞皆無辭故大武之舞秦始皇改曰五行之舞大韶之舞漢高帝改曰文始之舞魏文帝復文始曰大韶舞五行舞曰大武舞並有譜無辭雖東平王蒼有武德舞之歌未必用之大抵漢魏之世舞詩無聞至晉武帝泰始九年荀勗曾典樂更文舞曰正德武舞曰大豫使郭夏宋識爲其舞

節而張華爲之樂章自此以來舞始有辭舞而有辭失
古道矣
　文武舞二十曲
晉文舞曰正德舞武舞曰大豫舞　宋文舞曰前舞武
舞曰後舞　梁武舞曰大壯舞文舞曰大觀舞　隋文
舞武舞　唐文舞曰治康舞武舞曰凱安舞
　唐三大舞
七德舞　九功舞　上元舞
　右三大舞唐之盛樂也然後世所行者亦惟
二舞而已神功破陣樂有武事之象功成慶

善樂有文事之象五代因之晉用九功舞改曰觀象舞用七德舞改曰講功舞周用觀象改爲崇德舞用講功改爲象成舞按唐人降神用文舞送神用武舞其餘卽奏十二和之樂每室酌獻一曲則别立舞名至今不替焉然每室之舞葢本於梁自梁以來紛然出於私意莫得而紀

古樂苑衍錄卷一

古樂苑衍録卷二

總論 原古 聲律 體例 品藻 名義

九代詠歌志合文財黄歌斷竹質之至也唐歌在昔則廣於黄世虞歌卿雲文於唐時夏歌雕墻縟於虞代商周篇什麗於夏年至於序志述時其揆一也文心雕龍以下原古

昔在陶唐德盛化鈞野老吐何力之談郊童含不識之歌有虞繼作政阜民安南風詩於元后爛雲歌於列臣盡其美者何乃心樂而聲泰也同上

卿雲江水開雅頌之源烝民麥秀建國風之始覽其事迹興廢如存占彼民情困舒在目則知詩者所以宣玄

鬱之思光神妙之化者也先王協之於宮徵被之於簧絃奏之於郊社頌之於宗廟歌之於燕會諷之於房中葢以之可以格天地感鬼神揚風教通庶情此古詩之大約也漢祚鴻朗文章作新安世楚聲溫純厚雅孝武樂府壯麗宏奇縉紳先生咸從附作雖規迹古風各懷剞劂美哉歌詠漢德雍揚可爲雅頌之嗣也及夫興懷觸感民各有情賢人逸士呻吟於下里棄妻思婦歎詠於中閨鼓吹奏乎軍曲童謠發於閭巷亦十五國風之次也東京繼軌大演五言而歌詩之聲微矣至於含氣布詞質而不采七情襍遺並自悠圓或間有微疵終難

毀王兩京詩法譬之伯仲塤箎所以相成其音調也魏氏之學獨專其盛然國運風移古朴易解曹王數子才氣慷慨不詭風人而特立之功卒亦未至故時與之闇化矣徐禎卿談藝錄

虞之賡歌夏五子之歌此三百篇之權輿也困學紀聞

夏侯太初辯樂論伏羲有網罟之歌神農有豐年之詠黃帝有龍衮之頌元次山補樂歌有網罟豐年二篇文心雕龍云二言肇於黃世竹彈之謠是也同上

劉勰云釣天九奏既其上帝葛天八闋爰乃皇時咸英以降塗山歌於候人始爲南音有娀謠乎飛燕始爲北

音夏甲歎於東陽東音攸發殷釐思于西河西音以興又甯封南風沙灁方回諸篇皆音樂之祖也仲尼學文王伯牙作水仙操亦不始於漢魏矣解頤新語

古詩三百可以博其源遺篇十九可以約其趣樂府雄高可以厲其氣離騷深永可以禪其思談藝錄

以時而論則有建安體漢末年號曹子建父子及鄴中七子之詩黃初體魏年號與建安相接其體一也正始體魏年號嵇阮諸公之詩太康體晉年號左思潘岳二張二陸諸公之詩元嘉體宋年號顏鮑謝諸公之詩永明體齊年號齊諸公之詩齊梁體通兩朝而言之南北朝體通魏周而言之與齊梁體一也陶體淵明也謝體靈運也徐庾體徐陵庾信也又有所謂選體選詩時代不同體制隨異今人例用五言古詩

爲選體非也柏梁體漢武帝與羣臣共賦七言每句用韻後人謂此體爲柏梁體玉臺體玉臺集乃徐陵所序漢魏六朝之詩皆有之或者但謂纖豔者爲玉臺體其實則不然宮體梁簡文傷於輕靡時號宮體其他體製尚或不一然大槩不出此耳有三句之歌高祖大風歌是也古華山畿二十五首多三句之詩其他古人詩多如此者有兩句之歌荆卿易水歌是也又古詩青驄白馬共戲樂女兒子之類皆兩句之詞也有一句之歌漢書枹鼓不鳴董少平一句之歌也又漢童謡千乘萬騎上北邙梁童謡青絲白馬壽陽來皆一句也有歌行古有鞠龍行放歌行長歌行短歌行又有單以歌名者不可枚述有樂府漢武帝定郊祀立樂府採齊楚趙魏之聲以入樂府以其音詞可被於絃歌也樂府俱備衆體兼統衆名也有楚辭屈原以下倣楚詞者皆謂之楚詞有琴操古有水仙操辛德源所作別鶴操高陵牧子所作有謠沈炯有獨酌謠王昌齡有箜篌謠穆天子傳有白雲謠也曰吟古辭有隴頭吟孔明有梁父吟相如有白頭吟曰辭選有漢武秋風辭樂

府有木蘭辭曰引古曲有霹靂引走馬引飛龍引曰詠選有五君詠唐儲光羲有羣鴝詠曰曲古有大堤曲梁簡文有烏棲曲曰篇選有名都篇京洛篇白馬篇曰唱魏明帝有氣出唱曰弄古樂府有江南弄又有以歎名者古辭有楚妃歎明君歎以愁名者文選有四愁樂府有獨處愁以哀名者選有七哀少陵有八哀以怨名者古詞有寒夜怨玉階怨以思名者太白有靜夜思以樂名者齊武帝有估客樂宋臧質有石城樂有古詩一韻兩用者文選曹子建美女篇有兩難字謝康樂述祖德詩有兩人字其後多有之有古詩一韻三用者文選任彥昇哭范僕射詩三用情字也有古詩三韻六七用者古焦仲卿妻是也有古詩重用二十許韻者焦仲卿妻詩是也有古詩旁取六七許韻者韓退之此日足可惜篇是也凡雜用東冬江陽庚青六韻歐陽公謂退之遇寬韻則故旁入他韻非也此乃用古韻耳於集韻自見之有古詩全

不押韻者古採蓮曲是也論襍體則有風人上句述一語下句釋其義如古子夜歌讀曲歌之類則多用此體藁砧古樂府藁砧今何在山上復安山何當大刀頭破鏡飛上天僻辭隱語也五襍組見樂府兩頭纖纖亦見樂府　滄浪詩法　以下體例

尋二言肇於黃世竹彈之謠是也三言興於虞時元首之詩是也四言廣於夏年洛汭之歌是也五言見於周代行露之章是也六言七言雜出詩騷而體之篇成於兩漢文心雕龍

黃帝彈歌斷竹厎木飛土逐肉二言之始也詩頌振振鷺鷺于飛鼓咽咽醉言歸三言之始也鬱陶乎予心顏厚有忸怩五言之始也詩雅我不敢效我友自逸八言

之始也杜詩男兒生不成名身已老九言也李太白黃帝鑄鼎於荆山鍊丹砂丹成騎龍飛上太清家十言也東坡詩山中故人應有招我歸來篇十一言也我不敢效我友自逸亦可作兩句若長吉酒不到劉伶墳上土八言一句渾全升菴集

又曰江有汜乃三言之始追天馬歌體製備矣嚴滄浪謂創自夏侯湛蓋泥於白氏六帖困學紀聞　馮惟訥曰按三言始天馬似矣江有汜亦非純體曷謂始耶

又曰四言體始於康衢歌滄浪謂起於韋孟誤矣同上　馮惟訥曰按四言詩三百五篇在前而嚴云起於韋孟蓋其敘事布辭自爲一體漢魏以來遞相師法故云始於韋

非徒言也或又引康衢以爲權輿又烏知康衢之謠非列子因雅頌而爲之者邪然明良五子之歌載在典謨可徵也

漢初四言韋孟首唱匡諫之義繼軌周人孝武愛文栢梁列韻嚴馬之徒屬辭無方至成帝品錄三百餘篇朝章國采亦云周備而辭人遺翰莫見五言所以李陵班婕妤見疑於後代也按召南行露始肇半章孺子滄浪亦有全曲暇豫優歌遠見春秋邪徑童謠近在成世閱時取證則五言久矣文心雕龍　文選注五言自李陵始

麈史曰王得仁謂七言始於垓下歌柏梁篇祖之劉[redacted]以交交黃鳥至於桑爲七言之始合兩句爲一誤矣大

雅曰維昔之當不如時頌曰學有緝熙於光明此七言之始王氏亦誤矣蓋始於擊壤歌帝力於我何有哉雅頌之後有南山歌子產歌採葛婦歌易水歌皆有七言而未成篇及大招百句小招七十句七言已盛於楚矣

詩家直說　馮惟訥曰按諸家所論七言詩始惟垓下為近之他皆襍出一二言未為全體至於如寗戚扣牛所歌高誘註國語以為碩鼠之詩雖未必然亦足以明南山白石之篇誘時未嘗有也他如列子擊壤孔叢子大道歌續博物志狄水歌拾遺記寗封子詩皇娥歌白帝子荅歌皆出於著書者之手其文義各自為體而辭義深淺居然有别至吳越春秋所載窮劫之曲采葛婦歌河梁之詩尤淺劣不足道而近時論詩者遂引以為據辯七言不始於柏梁亦何以稱知言也

胡致堂云古樂府者詩之旁行也辭曲者古樂府之末

造也（困學紀聞）

陸務觀云倚聲製詞起於唐之季世（同上）

古今詩體不一太師之職掌教六詩風雅頌賦比興備焉三代而下襍體互出漢唐以來鐃歌鼓吹拂舞矛俞因斯而興晉宋以降又有回文反復寓憂思輾轉之情雙聲疊韻狀連緜嬉戲之態郡縣藥名六甲八卦之屬不勝其變古有采詩官命曰風人以見風俗喜怒好惡皮日休云踈杉低通灘冷鷺立亂浪此雙聲也陸龜蒙嘗曰膚愉吳都姝眷戀便殿宴此疊韻也劉禹錫曰東邊日出西邊雨道是無情却有情杜詩曰俱飛蛺蝶

元相逐並蔕芙蓉本自雙又曰滿月飛明鏡歸心折大刀此皆風人類也珊瑚鈎詩話

詩曰我歌且謠樂府載歌謠而不及諺語如夏諺齊語皆有聲韻三字如爰清靜作符命能賦詩裴讓之四字如雖有智慧不如乘勢寧爲雞口亡爲牛後之類五字如城中好高髻四方高一尺城中好廣眉四方且半額城中好大袖四方全匹帛之類七字如嘉言逆耳利於行良藥苦口利於病欲之仲桓問任安居今行古任定祖甑中生塵范史雲釜中生魚范萊蕪之類並詩之流也解頤新語

釋家者流東國結韻以成詠西方作偈以和聲奏歌於金石則謂之爲樂讃法於管絃則稱之爲唄曹子建既通般遮之瑞響復感漁山之神製厥後玄師梵唱赤鴈愛而不移比丘流響青鳥悅而忘翥曇憑動韻猶令象馬踡跼僧辯折調尚使鴻鶴停飛又若道家鈞天之奏瓊笈之章詞著步虛歌成遍疊皆詩之餘也　同上

詩迄于周離騷迄于楚是後之流爲二十四名賦頌銘贊誄箴詩行詠吟題怨歌章篇操引謠謳歌曲詞調皆詩人六義之餘劉補闕云樂府肇於漢魏按仲尼學文王操伯牙作水仙操則不於漢魏而後始亦以明矣　元稹

自序樂府　馮惟訥曰按琴操肇於上古如神人暢南風歌之類又在仲尼前但今所傳之曲未必盡出於古耳樂府之名自興於漢何得以此相掩耶　以下名義

守法度曰詩載始末曰引體如行書曰行放情曰歌行間之曰歌行悲如蟲螿曰吟通乎俚俗曰謠委曲盡情曰曲　白石詩說

詩家名號區別種種原其大義固自同歸歌聲襍而無方行體疏而不滯吟以呻其鬱曲以導其微引以抽其意詩以言其情故名因昭象合是而觀則情之體備矣夫情旣異其形故辭當因其勢譬如寫物繪色倩盼各以其狀隨規逐矩圓方巧獲其則此乃因情立格持守

圜環之大略也若夫神工哲匠顛倒經樞思若連絲應之杼軸文如鑄冶逐手而遷從衡參互恒度自若此心之伏機不可彊能也談藝錄

刺美風化緩而不迫謂之風采摭事物摛華布體謂之賦推明政治莊語得失謂之雅形容盛德揚厲休功謂之頌幽憂憤悱寓之比興謂之騷感觸事物託於文章謂之辭程事較功考實定名謂之銘援古刺今箴戒得失謂之箴猗迂抑揚永言謂之歌非鼓非鐘徒歌謂之謠步驟馳騁斐然成章謂之行品秩先後敘而推之謂之引聲音襍比高下短長謂之曲吁嗟慨歎悲憂深思

謂之吟吟詠情性總而言志謂之詩蘇李而上高簡古澹謂之古沈宋而下法律精切謂之律此詩之衆體也

珊瑚鈎詩話

由操而下八名引謠謳歌曲辭調皆起於郊祭軍賓吉凶苦樂之際審聲以度詞審調以節唱句度長短之數聲律平上之差莫不由之準度而又區别其在琴瑟者爲操引採民甿者爲謳謠備曲度者總爲之新曲詞調斯皆由樂以定詞非選詞以配樂也由詩而下九名行詠吟題怨歎章篇皆屬事而作雖題號不同悉謂之詩可也後之審樂者往往採取其詞度爲新曲蓋選詞以

配樂非由樂以定詞也纂撰者盡編爲樂府解頤新語

梁元帝賦得蘭澤多芳草詩古詩爲題見於此困學紀聞馮惟訥曰今按劉琨有胡姬年十五沈約有江蘺生幽渚皆在元帝前

擬古題如西北有高樓青青河畔草之類樂府題冉冉孤生竹棗下何纂纂之類省試題用事如吳宮教戰湘靈鼓瑟之類用句如風動萬年枝玉水記方流之類即景如御溝新柳龍池春早之類又如薛道衡昔昔鹽沈休文東陽八詠後人每句賦之矣解頤新語

樂府則郊廟燕射鼓吹橫吹樂則有雅樂凱樂散樂俳樂舞則有文舞武舞雅舞雜舞又鼙鐸羽籥巾帳干旄

白紵皇人之舞歌則有倚歌襍歌豔歌踏歌相和之歌曲則有今曲舞曲文曲清商調則有平調側調清調商調楚調瑟調聲則有正聲送聲間絃契注同上

古今樂錄曰傖歌以一句爲一解中國以一章爲一解王僧虔啓曰古曰章今曰解解有多少當是先詩而後聲詩敘事聲成文必使志盡於詩音盡於曲是以作詩有豐約制解有多少又諸曲調皆有辭有聲而大曲又有豔有趨有亂辭者其歌詩也聲者若羊吾夷伊那何之類也豔在曲之前趨與亂在曲之後亦有吴聲西曲前有和後有送也楊慎曰按豔在曲之前與吴聲之和若今之引子趨與亂在曲之後與吴

聲之送若今之尾聲羊吾夷伊那何皆聲之餘音嫋嫋有聲無字雖借字作譜而無義若今之哩囉嗹唵吽也知此可以讀古樂府矣

古者詩頌皆被之金竹故非調五音無以諧會若置酒高堂上明月照高樓為韻之首三祖之詞文或不工而韻入歌唱此重音韻之義也與世之言宮商異矣今既不被管絃亦何取於聲律耶齊有王元長者嘗謂余云宮商與二儀俱生自古辭人不知之唯顔憲子乃云律呂音調而其實大謬唯見范曄謝莊頗識之耳常欲進知音論未就王元長創其首謝朓沈約揚其波三賢或貴公子孫幼有文辯於是士流景慕務為精密襞積細

徵專相淩架故使文多拘忌傷其眞美余謂文製本須諷讀不可蹇礙但令清濁通流口吻調利斯爲足矣（文心雕龍以下聲律）

鄭漁仲謂樂以詩爲本詩以聲爲用又謂古之詩今之辭曲也若不能歌之但能誦其文而說其義可乎不幸世儒義理之說日勝而聲歌之學日微焉貴與則謂義理布在方冊聲則湮沒無聞其言皆有見而朱文公亦謂聲氣之和有不可得而聞者此讀詩之所以難也夫樂之義理詩詞是也聲歌猶後世之腔調也兩者俱詣乃爲大成漁仲又謂樂之失自漢武始蓋言亡其聲耳

漢世樂府如朱鷺君馬黃雉子班等曲其辭皆存而不可讀想當時自有節拍短長高下故可合于律呂後來擬作者但詠其名物詞雖有倫恐非樂府之全也且唐世之樂章即今之律詩而李太白立進清平調與王維之陽關曲于今皆在不知何以被之弦索宋之小詞今人亦不能歌矣今人能歌元曲南北詞皆有腔拍如月兒高黃鶯兒之類亦有律呂可按一入于耳即能辯之恐後世一失其聲亦但詠月詠鶯而已此樂之所以難也求元審聲宿悟神解者世合有異材耳 陸文裕公外集

周官鞮鞻氏掌四夷之樂與其聲歌東方曰韎南方曰

任西方曰侏離北方曰禁文心雕龍云塗山歌於候人始爲南音有娀謠乎飛燕始爲北聲夏甲歎於東陽東音以發殷氂思於西河西音以興是四方皆有音也今歌曲但統爲南北二音如伊州凉州甘州渭州本是西音今並以爲北曲由是觀之則擊壤康衢卿雲南風白雲黃澤之類詩之篇什漢之樂府下逮關鄭白馬之撰雖詞有雅鄭並北音也若南音則孺子接輿越人紫玉吳歈楚艷以及今之戲文皆是然三百篇無南音周南召南皆北方也

漢樂府眞情自然但不能中節爾畧度乃是好景

以下品藻

三國六朝樂府猶有真意勝於當時文人之詩同上

古辭之不可讀者莫如巾舞歌文義漫不可解又古將進酒芳樹石留豫章行等篇皆使人讀之茫然又朱鷺稚子班艾如張思悲翁上之回等只二三句可解豈非歲久文字舛訛而然耶晉書樂志

古辭紫騮馬歌曰燒火燒野田野鴨飛上天折楊柳行曰默默施行違厥罰隨事來魏武帝陌上桑曰駕虹霓乘赤雲登彼九疑歷玉門嵇康秋胡行曰思與王喬乘雲遊八極古人命題措辭如此歐陽公曰小雅雨無正

之名據序所言與詩絶異當闕其所疑詩家直說

齊梁以來文士喜爲樂府辭然沿襲之久往往失其命題本意烏將八九子但詠烏雉朝飛但詠雉雞鳴高樹巔但詠雞大抵類此而甚有併其題失之者如相府蓮訛爲想夫憐楊婆兒訛爲楊叛兒之類是也葢辭人例多事語言不復詳研考雖李白亦不免此惟老杜兵車行悲青坂無家別等數篇皆因事自出己意立題略不更蹈前人陳迹眞豪傑也同上

魏文帝曰梧桐攀鳳翼雲雨散洪池曹子建曰遊魚潛綠水翔鳥薄天飛阮籍曰存亾有變化日月有浮沈張

華曰洪鈞陶萬類大塊稟羣生左思曰皓天舒白日靈景耀神州張協曰金風扇素節丹霞啓陰期潘岳曰南陸迎脩景朱明送末垂陸機曰逝矣經天日悲哉帶地川以上雖爲律句全篇髙古及靈運古律相半至謝朓全爲律矣升菴詩話

五言律起句最難六朝人稱謝朓工於發端如大江流日夜客心悲未央雄壓千古矣唐人多以對偶起雖森嚴而之髙古宋周伯弜選唐三體詩取起句之工者二酒渴愛江清餘酣漱晚汀又江天清更愁風柳入江樓是也語誠工而氣衰颯余愛柳惲汀洲采白蘋日落江

南春吴均咸陽春草芳秦帝捲衣裳又春從何處來拂水復驚梅梁元帝山高巫峽長垂柳復垂楊唐蘇頲北風吹早雁日日渡河飛張柬之淮南有小山嬴女隱其間王維風勁角弓鳴將軍獵渭城杜子美將軍膽氣雄臂懸兩角弓孟浩然八月湖水平涵虛混太清雖律也而含古意皆起句之妙可以爲法何必效晚唐哉伯弜之見誠小兒也同上

古今詩人以詩名世者或只一句或只一聯或只一篇雖其餘别有好詩不專在此然播傳後世膾炙於人口者終不出此夫豈在多哉如池塘生春草則謝康樂也

澄江靜如練則謝宣城也壠首秋雲飛則柳吳興也風定花猶落則謝元正也鳥鳴山更幽則王文海也空梁落燕泥則薛道衡也楓落吳江冷則崔信明也庭草無人隨意綠則王胄也凡此皆以一句名世者苕溪漁隱叢話

古樂府暫出白門前楊柳可藏烏歡作沈水香儂作博山鑪李白用其意衍爲楊叛兒歌曰君歌楊叛兒妾勸新豐酒何許最關情烏啼白門柳烏啼隱楊花君醉留妾家博山鑪中沈香火雙煙一氣凌紫霞古樂府朝見黄牛暮見黄牛三朝三暮黄牛如故李白則云三朝見黄牛三暮行太遲三朝又三暮不見鬢成絲古樂府云

郎今欲渡畏風波李白云郎今欲渡緣何事如此風波不可行古樂府云春風復多情吹我羅裳開李反其意云春風復無情吹我夢魂散古人謂李詩出自樂府古選信矣其楊叛兒一篇即暫出白門前之鄭箋也因其拈用而古樂府之意益顯其妙益見如李光弼將子儀軍旗幟益精明又如神僧拈佛祖語信口無非妙道豈若後世生吞義山拆洗杜詩者比乎升菴詩話

古樂府如護惜加窮袴防閑托守宮朔氣傳金柝寒光透鐵衣殺氣朝朝衝塞門胡風夜夜吹邊月全是唐律藝苑卮言

上山採蘼蕪四坐且莫喧悲與親友別穆穆清風至橘柚垂華實十五從軍征青青園中葵雞鳴高樹顛日出東南隅相逢狹路間昭昭素明月昔有霍家奴洛陽城東路飛來雙白鵠翩翩堂前燕青青河邊草悲歌緩聲八變豔歌紈扇篇白頭吟是兩漢五言神境可與十九首蘇李並驅同上

次有輕薄之徒咲曹劉爲古拙謂鮑昭羲皇上人謝朓今古獨步而師鮑昭終不及日中市朝滿鮑照結客少年塲行學謝朓劣得黃鳥度青枝虞炎玉階怨徒自棄於高聽無涉於文流矣詩品

擬古樂府如郊祀房中須極古雅發以峭峻鐃歌諸曲勿便可解勿遂不可解須斟酌淺深質文之間漢魏之辭務尋古色相和瑟曲諸小調係北朝者勿使勝質齊梁以後勿使勝文近事毋俗近情毋纖拙不露態巧不露痕寧近無遠寧朴無虛有分格有來委有實境一涉議論便是鬼道藝苑巵言

七言歌行靡非樂府然至唐始暢其發也如千鈞之弩一舉透革縱之則文漪落霞舒卷絢爛一入促節則凄風急雨窈冥變幻轉折頓挫如天驥下坂明珠走盤收之則如橐聲一擊萬騎忽歛寂然無聲

古樂府選體歌行有可入律者有不可入律者句法字法皆然惟近體必不可入古耳同上

剽竊模擬詩之大病亦有神與境觸師心獨造偶合古語者如客從遠方來白楊多悲風春水船如天上坐不妨俱美定非竊也其次裒覽既富機鋒亦圓古語口吻間巻不自覺如鮑明遠客行有苦樂但問客何行之於王仲宣從軍有苦樂但問所從誰陶淵明雞鳴桑樹顛狗吠深巷中之於古樂府雞鳴高樹顛狗吠深宮中王摩詰白鷺黃鸝近世獻吉用脩亦時失之然尚可言又有全取古文小加裁翦如黃魯直宜州用白樂天諸絶

句王半山山中十日雨雨晴門始開坐看蒼苔色欲上人衣來後二句全用輞川已是下乘然猶彼我趣合未致足厭乃至割綴古語用文已漏痕跡宛然如河分岡勢春入燒痕之類斯醜方極模擬之妙者分岐逞力窮勢盡態不唯敵手兼之無跡方爲得耳若陸機辯亡傅玄秋胡近日獻吉打鼓鳴鑼何處船語令人一見匿笑再見嘔噦皆不免爲盜跖優孟所訾同上

古樂苑衍錄卷二終

古樂苑衍錄卷三

歷代名氏詳論辯解

白帝子

皇娥

唐

堯

被衣

許由

虞

舜

皋陶

八伯

夏

禹

五子

關龍逢

殷

微子

箕子

伯夷

周

太王

季歷

文王

武王

成王

穆王

周公旦

尹伯奇

商陵牧子琴操舊附今從之

魯

孔子

曾參

陶嬰

伯姬保母

次室女

衛

衛女

宋

華元

韓馮妻

齊 田齊

甯戚

晏嬰

杞梁妻

犢沐子 一作牧犢子

馮驩

揚朱

莊周

子輿 附

晉

士蔿

優施

介子推

舟之僑

女娟

燕

荆軻

楚

優孟

申包胥

漁父

扈子

商梁

卞和

接輿

孺子

王子

越人 附

吳

申叔儀

紫玉

越

越王夫人

采葛婦

秦

始皇帝

百里奚

扊扅高

琴女

西楚

項籍

垓下之歌出自流離煑豆之詩成於草卒命辭慷慨並自奇工　談藝錄

虞美人

伯牙　以下世次未詳

樗里牧恭

祝牧

漢　西漢　東漢　蜀漢附

高帝　姓劉氏諱邦字季沛豐邑中陽里人初爲亭長起兵破秦滅楚平定天下由漢王即皇帝位國號曰漢十二年崩羣臣尊號曰高皇帝

高祖尚武戲儒簡學雖禮律草創詩書未遑然大風鴻鵠之歌亦天縱之英作也　文心雕龍

大風安不忘危其霸心之存乎秋風樂極悲來其悔心之萌乎　文中子藝苑卮言云二語去孔子不遠

高祖大風之歌雖止於二十三字而志氣慷慨規模宏達凜凜乎已有四百年基業之氣史記樂書謂之三侯章令沛得以四時歌舞宗廟蓋欲使後之子孫知其祖創業之勤不可怠於守成爾武帝秋風辭瓠子歌已無足道及爲賦以傷悼李夫人反覆數百言綢繆眷戀於一女子其視高祖豈不愧哉　丹陽集

漢高帝大風歌不特華藻而氣槩遠大眞英主也至武帝秋風辭言固雄偉而終有感慨之語故其末年幾至於變魏武魏文父子横槊賦詩雖遒壯抑揚而乏帝王之度六朝以後人主言非不工而纖麗不逞無足言也
庚溪詩話

大風三言氣籠宇宙張千古帝王赤幟高帝哉　藝苑卮言

武帝

諱徹景帝子在位五十四年

孝武崇儒潤色鴻業禮樂爭輝辭藻競鶩柏梁展朝讌之詩金堤製恤民之詠　文心雕龍

秋風起兮白雲飛出自大風起兮雲飛揚蘭有秀兮菊有芳懷佳人兮不能忘出自沅有芷兮澧有蘭思公子兮未敢言漢武讀書故有沿襲漢高不讀書多出己意　詩家直說

李夫人詩是邪非邪立而望之偏僊因曰此則退之走馬來看立不正之所祖述也　許彥周詩話

漢武故是詞人秋風一章幾於九歌矣思李夫人賦長卿下乎雲上是邪非邪三言精絕落葉哀蟬疑是贋作幽蘭秀蕈的爲傳語　藝苑卮言

昭帝 諱弗陵武帝子在位十三年

趙幽王友 高帝子初封淮陽王呂太后殺趙王如意徙友爲趙王

朱虛侯章 齊悼惠王次子呂太后元年入宿衛封文帝二年以誅諸呂功封城陽王

淮南王安 厲王長子文帝時封爲淮南王好書鼓琴招致賓客方術之士後爲反謀事覺帝使宗正

以符節治安未至安自刑

燕剌王旦 武帝第四子李姬生

廣陵厲王胥 武帝第五子李姬生

廣川王去 繆王齊太子罪徙國除西京襍記作去疾

四皓 皇甫謐高士傳曰四皓者皆河内軹人或在汲一曰東園公二曰甪里先生三曰綺里季四曰夏黃公陳留志云園公姓唐字宣明居園中因以爲號夏黃公姓崔名廣字少通齊人隱居夏里修道故號曰夏黃公甪里先生河内軹人太伯之後姓周名術字元道京師號曰霸上先生一曰甪里先生孔父祕記作祿里會稽續志黃公乃里人晉夏統言黃公爲鄞越人[redacted]廣一作廓園公一作名秉襄邑人綺里一作姓朱名暉字文季姓氏書綺里姓季字又一作綺李

霍去病 大將軍衛青姊子善騎射再從大將軍爲票姚校尉封冠軍侯後爲驃騎將軍大司馬

東方朔字曼倩平原厭次人事孝武帝爲[illegible]郎

司馬相如字長卿成都人以訾爲郎事孝景帝爲武騎常侍後武帝召爲郎以辭賦得幸常有消渴病既免家居茂陵史稱其多識博物蔚爲辭宗賦頌之首

李陵字少卿爲騎都尉天漢中將步卒五千擊匈奴轉鬭矢盡遂降虜以女妻之立爲右校王在匈奴卒

李延年中山人故倡也坐法腐刑給事狗監中善歌爲新變聲所造詩謂之新聲曲女弟李夫人得幸於武帝延年由是貴爲協律都尉

楊惲字子幼宣帝時人以兄忠任爲郎霍氏謀反惲先以聞封平通侯遷中郎將與太僕戴長樂相失長樂上書告惲罪免爲庶人後坐怨望誅

楊惲報孫會宗書初無甚怨怒之語其詩曰田彼南山蕪穢不治種一頃豆落而爲萁張晏釋以爲言朝廷荒亂百官諂諛可謂穿而廷尉當以大逆無道刑及妻子子熟味其辭獨有所謂君父至尊親送其終

也有時而既荅宣帝惡其君喪送終之喻耳莊助論汲黯輔少主守成武帝不怒實係於一時禍福云賈誼劉向論說痛切無忌諱文成二帝未嘗問焉　容齋四筆

唐山夫人 高帝姬 唐山姓

西漢樂章可齊三代舊見漢禮樂志房中樂十七章格韻高嚴規模簡古駸駸乎商周之頌縱使竹竿載馳方之陋矣　劉元城語錄

安世歌質古文雅　詩譜

或曰唐山夫人房中樂歌何如曰是直可以繼關雎不當以章句摘也曰曹孟德月明星稀嵇叔夜目送歸鴻何如曰此直後世四言耳工則工矣比之三百篇尚隔尋丈也　丹鉛餘錄

唐山夫人雅歌之流調短弱未舒耳　藝苑卮言

漢書律曆志引古文尚書予欲聞六律五聲八音七始詠以出納五言今文七始詠作在治忽史繩祖據

漢郊祀歌七始華始肅倡和聲而以今文在治忽近於傳會以予考之此言聲律音詠是一類事但漢書注不注七始之義今之切韻宮商角徵羽之外又有半商半徵蓋牙齒舌喉唇之外有深喉淺喉二音此即所謂七始詠詠即韻也汗簡隸古七始作夾始蓋古文七作桼桼與夾相近而譌尤可驗史氏之說爲是由此言之切韻之法自舜世已然不起于西域胡僧又可知予特表出之孟康云七始者天地四時人也此說乃意料之言　丹鉛閏錄正揚云本志自明謂注無七始之義孟康意料之言俱誤七始華始安世房中歌也云郊祀歌又誤

戚夫人 高帝夫人

烏孫公主 名細君江都王建女

華容夫人 燕王夫人

趙飛燕 本長安宮人屬陽阿主家學歌舞號曰飛燕成帝過主作樂見而說之召入大幸爲倢伃後立

為后顓寵十餘年卒

班倢伃左曹越騎校尉況之女少有才學成帝選入宮以為倢伃後趙飛燕譖其呪詛考問之上善其對遂求供養太后長信宮帝崩充奉園陵薨因葬園中

倢伃詩其源出于李陵團扇短章辭旨清捷怨深文綺得匹婦之致侏儒一節可以知其工矣　詩品

團扇二篇江則假象見意班則貌題直書至如出入君懷袖動搖微風發常恐秋節至涼飈奪炎熱旨婉詞正有潔婦之節但此兩對亦可以掩映江生江生詩曰畫作秦王女乘鸞向煙霧興生於中無有古事假使佳人詠之在手乘鸞之意飄然莫偕雖蕩如夏姬自忘情改節吾許江生情逸詞麗方之班女亦未可減價

皎然詩評

王昭君名嬙漢宮人元帝時匈奴入朝以嬙配之號寧胡閼氏

韋孟詩雅之變也昭君歌風之變也三百篇後一二作得體梁太子不取昭君何哉　詩家直說

卓文君 司馬相如妻

靈帝 諱宏河間孝王曾孫先封解瀆亭侯桓帝崩竇武迎立在位二十二年

東平憲王蒼 光武子少好經書嘗與公卿共議定制度及廟歌佾舞

弘農王辯 靈帝子立爲帝爲董卓所廢鴆死

馬援 字文淵扶風茂陵人建武時爲伏波將軍征交趾封新息侯後征武陵蠻卒于軍

梁鴻 字伯鸞平陵人家貧而尚節介與其妻孟光隱居霸陵山中因東出關適吳依大家皋伯通著書十

王吉 虎賁郎

班固 字孟堅顯宗時除蘭臺令史遷爲郎後遷玄武司馬以母憂去官永元初大將軍竇憲黨捕死獄中

傅毅 字仲武扶風茂陵人爲蘭臺令史拜郎中與班固賈逵共典校書

張衡 字平子南陽西鄂人拜爲郎中遷太史令侍中宦官懼其毀已共讒之出爲河間王相徵拜尚書卒

陶淵明閒情賦必有所自乃出張衡同聲歌云邂逅承際會偶得充後房情好新交接飂慄若探湯願思爲莞席在下蔽匡牀願爲羅衾幬在上衛風霜　西溪叢語

邊讓章華臺賦歸乎生風之廣厦兮脩黃軒之要道攜西子之弱腕援毛嬙之素肘注云黃帝軒轅氏得房中之術於素女握固吸氣還精補腦留年益齡長生忘老張平子詩明燈巾粉卸設圖衾枕張素女爲我師天老教軒皇　升菴集下同

張衡同聲歌灑埽清枕席鞮芬以狄香鞮履也狄香外國之香也謂以香薰履也近刻狄香作秋香謬

李尤字伯仁廣漢雒人官諫議大夫樂安相

王逸字叔師南郡宜城人爲校書郎終侍中

蔡邕字伯喈陳留人建寧中辟司徒橋玄府出補河平長召拜郎中校書東觀遷議郎靈帝崩董卓爲司空辟邕遷尚書侍中及卓被誅王允收付廷尉死獄中

唐妃弘農王妃

蔡琰字文姬邕之女也博學有才辯適河東衛仲道夫亡無子興平中天下喪亂姬爲胡騎所獲沒於南匈奴左賢王在胡中十二年生二子曹操痛邕無嗣乃遣使者以金璧贖之重嫁陳留董祀

竇玄妻

辛延年

宋子侯

孟集有到得重陽日還來就菊花之句刻本脫一就字有擬補者或作醉或作賞或作泛或作對皆不同後得善本是就字乃知其妙唐詩亦有之崔顥玉壺清酒就君家李郢詩聞說故園香稻熟片帆歸去就鱸魚杜工部詩題有秋日泛江就黃家命子而古樂府馮子都詩有就我求清酒青絲係玉壺就我求珍肴金盤鱠鯉魚則前人已道破矣　升菴集

白狼王唐菆

諸葛亮字孔明琅琊人從先主爲軍師後爲丞相封武鄉侯建興十二年北征卒于渭濱

李善陸詩註蔡邕琴頌云梁父悲吟不知名爲梁父吟何義張衡四愁詩云欲往從之梁父艱注云泰山東嶽也君有德則封此山願輔佐君王致於有德而爲小人讒邪之所阻梁父泰山下小山名諸葛亮好爲梁父吟恐取此意　西溪叢語

龐德公 南郡襄陽人隱居峴山之南未嘗入城府司馬德操年小十歲兄事之故呼龐德公

魏

武帝 名操字孟德沛國譙人漢舉孝廉爲郎歷位丞相封魏王後其子丕代漢追謚曰武皇帝廟號太祖

魏書云太祖剏造大業文武並施御軍三十餘年手不釋書晝則講武策夜則思經傳登高必賦及造新聲被之管絃皆成樂章

曹公古直甚有悲涼之句叡不如丕亦稱三祖　詩品

魏武魏文父子橫槊賦詩雖遒壯抑揚而乏帝王之度　庚溪詩話

曹孟德樂府如苦笑行猛虎行短歌行膾炙人口久矣其希僻罕傳者若不戚年往憂世不治存亡有命慮之爲蚩又云壯盛智慧殊不再來愛時進趣將以惠誰不惟何法高邁識趣近於有道　升菴詩話

王處仲每酒後輒詠老驥伏櫪志在千里烈士暮年壯心不已以如意打唾壺口盡缺　世説新語

古人語自有稚拙不可掩者樂府曰何以銷憂惟有杜康　宋景文公筆記

魏武帝短歌行全用鹿鳴四句不如蘇武鹿鳴思野草可以喻佳賓點化爲妙沈吟至今可接明明如月何必小雅哉蓋以養賢自任而牢籠天下也眞西山不取此篇當矣　詩家直説

魏武帝善哉行七解魏文帝煌煌京洛行五解全用古人事實不可泥於詩法論之　詩家直説

魏武帝樂府精列篇云造化之陶物莫不有終期聖賢不能免何爲懷此憂願螭龍之駕思想崑崙居見欺於迂怪志意在蓬萊周孔聖徂落會稽以墳丘陶陶誰能度君子以弗憂魏文帝折楊柳歌云彭祖稱稱百悠悠安可原老聃適西戎於今竟不還王僑假虛辭赤松乘空言達人識眞僞愚夫好妄傳追念往

古事憒憒千萬端百家多迂怪聖道我所觀二詩不
信仙術闢其怪誕誠知道守正之言也　丹鉛餘錄

魏武帝樂府東臨碣石以觀滄海水何澹澹山島竦
峙秋風蕭瑟洪波湧起日月之行若出其中星漢燦
爛若出其裏其辭亦有本相如上林云視之無端察
之無涯日出東沼月生西陂馬融廣城云天地虹洞
因無端涯大明出東月生西陂揚雄校獵云出入日
月天與地沓然覺揚語奇武帝語壯又月生西陂語
有何致而馬融復
襲之　藝苑卮言

文帝 諱丕字子桓太祖長子八歲能屬文爲五官中郎
將立爲魏太子太祖薨嗣位爲丞相魏王稱受漢
禪即
帝位

魏文之才洋洋清綺舊談抑之謂去植千里然子建
思捷而才儁詩麗而表逸子桓慮詳而力緩故不競
於先鳴而樂府清越典論辯要迭用短長亦無懵焉
但俗情抑揚雷同一響遂令文帝以位尊減才思王
以勢窘益價未爲篤
論也　文心雕龍

子桓小藻自是樂府本色　藝苑卮言

明帝名叡文帝子

魏明帝樂府書作不停手猛燭繼望舒晉庾闡藏賦督猛炬以增明從因朗而心隔猛炬猛燭益大燭大炬也周禮所謂墳燭楚辭所云懸火也杜詩銅盤燒蠟光吐日其猛蠟乎　譚苑醍醐

陳思王植字子建太祖子十歲餘誦讀詩論及辭賦數十萬言善屬文建安十六年封平原侯寻徙封臨菑文帝即位立爲鄄城王明帝太和中徙東阿加封陳王薨謚曰思

子建才敏於父兄然不如其父兄質漢樂府之變自子建始　藝苑卮言

謝安壻王國寶專利無檢行安惡其人每抑之武帝末年寶讒諛之計稍行嫌隙遂成帝召桓伊飲讌謝安侍坐帝令伊吹笛伊神色無迕乃放笛云臣於箏分乃不及笛臣有一奴善相便串乃許召之奴既吹笛伊便撫箏而歌曰爲君既不易爲臣良獨難忠信事不顯乃有見疑患周旦佐文武金縢功不刊爲心

輔王政二叔反流言其聲慷慨俯仰可觀安泣下沾衿乃越帝而就之捋其鬚曰使君於此不凡帝甚有愧色

晉書

詩不能受瑕工拙之間相去無幾頓自絶殊如塘上行云莫以賢豪故弃捐素所愛莫以魚肉賤弃捐葱與薤莫以麻枲賤弃捐菅與蒯浮萍篇則曰茱萸自有芳不若桂與蘭新人雖可愛無若故所歡本自倫語然佳不如塘上行

談藝錄

洛神賦王右軍大令各書數十本當是晉人極推之耳清徽圓麗神女之流陳王諸賦皆小言無及者然此賦始名感甄又以蒲生當其塘上際此忌兄而不自匿諱何也蒲生實不如塘上令洛神見之未免笑子建傖父耳

藝苑卮言

七哀詩起曹子建其次則王仲宣張孟陽也釋詩者謂病而哀義而哀感而哀悲而哀耳目聞見而哀口歎而哀鼻酸而哀謂一事而七者具也子建之七哀在於獨棲之思婦仲宣之七哀哀在於棄子之婦人

張孟陽之七哀哀在於已毀之園寢唐羅隱亦有七哀詩所謂君若無定雲妾作不動山雲行出山易山逐雲去難是皆以一哀而七者具也　韻語陽秋

曹植詩鬬雞東郊道走馬長楸間陳沈炯邊馬有歸心詩彌意長楸道金鞍背落暉杜子美玉腕騮詩頓驂飄赤汗跼蹐顧長楸畫馬圖詩霜蹄蹴踏長楸間苕溪漁隱云文選注古人種楸於道故曰長楸間

復齋謾錄

歷陽郭次象多聞嘗與僕論唐酒價郭謂前輩引老杜詩速令相就飲一斗恰有三百青銅錢以此知當時酒價然白樂天與劉夢得沽酒閒飲詩曰共把十千沽一斗相看七十欠三年當劉白之時酒價何太不廉哉僕謂不然十千一斗乃詩人寓言此曹子建樂府中語耳唐人引此甚多如李白詩曰金樽沽酒斗十千王維詩曰新豐美酒斗十千崔輔國詩云與沽一斗酒恰用十千錢許渾詩云十千沽酒留君醉權德輿詩云十千斗酒不知貴陸龜蒙詩云若得奉君歡十千沽一斗唐人言十千一斗類然一斗三百

錢獨見子美所云故引以定當時之價然詩人所言出於一時又未知果否一斗三百別無可據唐食貨志云德宗建平三年禁民酤以佐軍費置四釀酒斛收直三千此可驗乎又觀楊松玠談藪北齊盧思道嘗云長安酒賤斗價三百杜詩引此亦未可知僕因謂郭曰曾知漢酒價否郭無以應僕謂漢酒價每斗一千郭謂出於何書僕曰此見典論云孝靈帝末年百司湎酒一斗直千文此可證也　王楙野客叢書

古書不可妄改聊舉一端如曹子建名都篇膾鯉臇胎蝦寒鼈炙熊膰此舊本也五臣妄改作炰鼈文選李善注云今之時餉謂之寒蓋韓國饌用此法鹽鐵論羊淹雞寒崔駰傳亦有雞寒曹植文寒鵠蒸麑劉熙釋名韓雞爲正古字韓與寒通也　丹鉛餘錄按丹鉛此論誠爲有據然詩有云炰鼈膾鯉炰亦通

曹子建詩明珠交玉體珊瑚閒木難注引南越志云木難金翅鳥沫所成碧色珠也大秦國珍之按其形色則今夷方所謂祖母綠也　升菴集

王粲字仲宣山陽高平人有異才漢獻帝西遷因徙居長安後之荆州依劉表表卒曹操辟爲丞相掾賜

爵關內侯

拜侍中

王仲宣從軍詩館宇充廛里士女滿莊馗自非聖賢國誰能享茲休馗音求九交之道也字從九從首爲是　升菴詩話

陳琳字孔璋廣陵人避難冀州袁紹使典文章後歸太祖與阮瑀並爲司空軍謀祭酒管記室軍國書檄多琳瑀所作也

阮瑀字元瑜陳留人少受學于蔡邕曹操辟爲司空軍謀祭酒管記室後爲倉曹掾屬建安十七年卒

樂府往往敘事故與詩殊蓋敘事辭緩則冗不精翩翩堂前燕疊字極促乃佳阮瑀駕出北郭門視孤兒行大綫弱不逮矣　談藝錄

劉楨字公幹東平人太祖辟爲丞相椽屬太子嘗宴諸文學酒酣命夫人甄氏出拜坐中咸伏楨獨平視太祖聞之乃收治罪減死輸作署吏建安二十二年卒

應瑒字德璉汝南人漢泰山太守劭之從子也魏太祖辟爲丞相掾屬轉平原侯庶子後爲五官中郎將文學建安二十二年卒

繁欽字休伯穎川人文才機辨長於書記又善爲詩賦爲丞相主簿建安二十三年卒

繆襲字熙伯東海蘭陵人有才學官至侍中尚書光祿勳歷魏四世

左延年晉書樂志曰黃初中左延年以新聲被寵

焦先字孝然河東人也常食白石以分與人熟煑如芋食之日日出山伐薪以施人及魏受禪眉河之湄結草爲菴獨止其中太守董經往視之不肯語經益以爲賢或忽老忽少後與人別去不知所適

嵇康字叔夜譙郡銍人好言老莊而尚奇任俠寓居山陽貧鍜以自給拜中散大夫山濤爲吏部舉康自代康答書言不堪流俗非薄湯武大將軍司馬昭聞之而怒以鍾會譖殺之

阮籍字嗣宗陳留尉氏人司空記室瑀之子容貌瓌傑志氣宏放初辟太尉掾進散騎常侍大將軍司馬

昭欲爲其子炎求婚籍乃醉六十日不得言而止後引爲從事中郎籍聞步兵廚多美酒遂求爲步兵校尉縱酒昬酣遺落世事又對人能爲青白眼由是禮法之士深所讐疾大將軍常保持之

甄皇后

魏文帝后餘詳塘上行注

塘上之作朴茂真至可與紈扇白頭媲媄甄既摧折而芳譽不稱良爲可歎　藝苑卮言

莫以豪賢故弃捐素所愛莫以魚肉賤弃捐葱與薤莫以麻枲賤弃捐菅與蒯其語意妙絕千古稱之然左傳逸詩巳先道矣云雖有絲麻無弃菅蒯雖有姬姜無弃蕉萃　藝苑卮言

蹶船常苦沒黃河中行舟常有此患俗云着淺說文艘船著沙不行也尚書大傳云三艘國名亦在黃河側甄后此句正北方之語特表出之　㮴音颼古本楚辭風颸颸兮木㮴㮴今本作蕭而音亦叶颼故此詩亦作蕭蕭又作翛翛揔不若㮴㮴字之古也　甄后中山無極人爲魏文帝后其後爲郭嬪譖賜死臨終作此詩魏明帝初爲王時納虞氏爲妃及即位毛氏有寵而黜虞氏卞太后慰勉之虞氏曰曹氏自好

立賤未有能以令終殆必由此亾國矣其後郭夫人有寵毛后愛弛亦賜死魏之兩世家法如此虞氏亾國之言良是詩可以觀不獨三百篇也　元人傳奇以明帝爲跳槽俗語本此　升菴詩話

吴

孫皓字元宗一名彭祖大皇帝孫也景帝崩皓嗣位爲晉所滅封歸命侯

韋昭字弘嗣吴郡雲陽人本名昭史爲晉諱改名曜少好學能屬文仕孫吴官至中書僕射職省爲侍中常領左國史撰吴書皓欲父和作紀曜執以和不登帝位宜爲傳皓以此責怒收曜付獄誅之

晉

僭國附

宣帝姓司馬諱懿字仲達河内温縣人仕魏歷事武帝文帝明帝後輔齊王爲太傅相國封公孫炎受魏禪追尊爲宣帝廟號高祖

荀勗字公曾潁川人初辟大將軍曹爽掾武帝受禪封濟北郡公領著作秘書監大康中遷尚書令

張華字茂先范陽人晉武帝受禪以爲黃門侍郎賛伐吳有功封廣武侯遷尚書後進爲侍中中書監加封公元康六年拜司空與趙王倫孫秀有隙爲所害

成公綏字子安東郡白馬人也少有俊才詞賦甚麗張華雅重綏薦爲太常博士歷秘書郎遷中書郎每與華受詔並爲詩賦泰始九年卒

傅玄字休奕北地泥陽人博學善屬文舉秀才晉王時爲常侍及受禪進爵爲子武帝初置諫官以玄爲之遷侍中轉司隷校尉免官卒於家追封清泉侯謚曰剛

傅玄豔歌行全襲陌上桑但曰天地正厥位願君改其圖蓋欲辭嚴義正以裨風教然使君自有婦羅敷自有夫已含此意不失樂府本色　詩家直說

玄又有日出東南隅一篇汰去精英竊其常語尤有可厭者本詞使君自有婦羅敷自有夫於意已足綽有餘味今復益以天地正位之語正如低措大記舊文不全時以己意續貂罰飲墨水一斗可也　藝苑

厄
言

皇甫謐字士安安定朝那人博綜典籍沉靜寡欲有高尚之志以著述爲務自號玄晏先生郡國舉辟皆不行武帝頻下詔敦逼之謐上表辭太康三年卒

陸機字士衡吳郡人大司馬抗之子也少有奇才領父兵爲牙門將吳亡入洛太傅楊駿辟爲祭酒累遷太子洗馬著作郎出補吳王郎中令入爲尚書郎趙王倫輔政引爲參軍大安初成都王穎等起兵討長沙王乂授機後將軍河北大都督因戰敗績爲孟玖譖殺

陸機謝靈運之詩並祖曹子建故其森蔚璀璋大率相似自今觀之陸於謝稍爲平正他不多辨讀鞠歌行見矣陸云德不孤兮必有鄰唱和之契冥相因譬如虬虎兮來風雲亦如形聲影響陳心歡賞兮歲易淪玉藏彩疇識眞叔牙顯夷吾親郢旣沒匠寢斤覽古籍信伊人永言知已感良辰識云朝雲升應龍攀乘風遠遊騰雲端鼓鐘歇豈自歡急弦高張思和彈時希値年夙愆循已雖易人知難王陽登貢公歡罕

生既沒國子歎嗟千載豈虛言邈矣遠念情悄然鍾嶸詩品謂陸尚規矩不貴綺錯謝尚巧似逆蕩過陳思蓋得之矣學者才不逮謝亦惟仰法乎陸庶乎厭飫膏澤固不失於張公之歎大才也　蘭莊詩話

凡詩人之作刺箴美頌各有源流未嘗混襍善惡同篇也陸機爲齊謳篇前敘山川物產風教之盛後章忽鄙山川之情殊失厥體其爲吳趨行何不陳子光夫差乎京洛行何不述赧王靈帝乎　顏氏家訓

潘尼字正叔少與從父岳俱以文章知名舉秀才爲太常博士累拜太子舍人出爲宛令入補尚書郎齊王冏起義兵引爲參軍事平封安昌公歷中書令永嘉中遷太常卿

左思字太沖齊臨淄人也徵爲秘書郎齊王冏命爲記室辭疾不就以疾終

張翰字季鷹吳郡人有清才縱任不拘時人號爲江東步兵齊王冏辟爲東曹椽

夏侯湛字孝若譙國人幼有盛才文章宏富善構新詞泰始中舉賢良拜郎中後轉尚書郎出爲野王令惠帝即位爲散騎常侍元康初卒

石崇字季倫渤海人年二十餘爲城陽太守伐吳有功
封安陽鄉侯累遷侍中出爲南中郎將荊州刺史
領南蠻校尉致富不貲後拜太僕衛尉有愛妓綠
珠孫秀使人求之不得遂勸趙王倫誅族其家

石季倫王明君辭云延我於穹廬加我閼氏名閼氏
單于妻也上烏前切下章移切前漢匈奴傳曰冒頓
後有愛閼氏生少子顏注閼氏匈奴皇后號劉貢父
云匈奴單于號其妻閼氏耳顏便以皇后解之大俚
俗也西河舊事云失我祁連嶺使我六畜不蕃息失
我焉支山使我婦女無顏色蓋北方有焉支山山多
紅藍北人採其花染緋取其英鮮者作臙脂婦人粧
時用作頰色殊鮮明可愛匈奴名妻閼氏言可愛如
臙脂也錢昭度作王昭君詩云閼氏纔聞易妻名歸
期長似侯河清誤讀氏字爲姓氏之氏矣 藝苑雌黃

孫楚字子荊太原中都人少負才氣多陵傲初爲石苞
驃騎參軍初至長揖曰天子命我參卿軍事因此
構隙湮廢積年後扶風王駿起爲征西參
軍遷衛軍司馬惠帝初拜馮翊太守卒

劉琨字越石中山人少以雄豪著名永嘉初爲并州刺
史建興二年加大將軍都督并州三年進司空四

年其長史以并州叛降石勒琨遂奔薊段匹磾因與結婚約以共戴晉室元帝渡江復加太尉封廣武侯後其子羣與匹磾有隙遂被害謚曰愍

楊方 字公回少好學有異才司徒王導辟爲椽轉東安太守遷司徒參軍事補高梁太守後

熊甫 王敦參軍

梅陶 明帝時爲尚書

謝尚 字仁祖陳郡人累遷尚書僕射出督江淮歷陽揚豫諸軍事進號鎮西將軍卒於歷陽

孫綽 字興公統之弟博學善屬文爲著作佐郎累遷散騎常侍轉廷尉卿領著作卒

王獻之 字子敬羲之子少有盛名而高邁不羈風流爲一時之冠起家州主簿秘書丞拜中書令卒

王珣字元琳導之孫桓溫辟爲主簿累遷尚書令

曹毗字輔佐譙國人善屬詞賦累遷至光祿勳

王廞 司徒左長史

沈玩 車騎將軍

陶淵明 字元亮入宋名潛潯陽柴桑人太尉長沙公侃之曾孫少有高趣親老家貧起爲州祭酒不堪吏職解歸躬耕自資隆安中爲鎮軍叅軍義熈元年遷建威叅軍未幾求爲彭澤令在縣八十餘日解歸暨入宋終身不仕顔延年誄之謚曰靖節徵士

不立文字見性成佛之宗達磨西來方有之陶淵明時未有也觀其自祭文則曰陶子將辭逆旅之館永歸於本宅其擬挽詩則曰有生必有死早終非命促其作飲酒詩則曰採菊東籬下悠然見南山此中有眞意欲辯已忘言其形影神三詩皆寓意高遠蓋第一達磨也而老杜乃謂淵明避俗翁未必能達道何耶東坡論陶子自祭文云出妙語於纊息之餘豈涉豈涉生死之流哉蓋深知淵明者 韻語陽秋

詩曰覯閔既多受侮不少此無意於對也十九首云胡馬嘶北風越鳥巢南枝屬對雖切亦自古老六朝惟淵明得之若荒草何茫茫白楊亦蕭蕭是也 詩家直說

王嘉字子年隴西安陽人清虛服氣不與世人交遊石季龍之末至長安潛隱於終南山苻堅累徵不赴公侯已下咸躬往參詣及姚萇入長安禮嘉如苻堅故事後因事爲萇所害苻登聞嘉死設壇哭之贈太師謚文定公

湛方生

張駿字公庭西凉牧張寔之世子幼而奇偉十歲能屬文後嗣位大都督大將軍凉州牧西平公

趙整字文業一名正雒陽清水人或曰濟陰人年十八仕僞秦遷黃門侍郎武威太守後出家更名道整

張奴詳歌下

綠珠石崇妾

翔風石崇婢

謝芳姿

桃葉 王獻之妾

宋

孝武帝 姓劉諱駿字休龍文帝第三子封武陵王元凶劭弑逆舉兵誅劭遂即大位在位十一年

宋武帝丁都護歌云都護北征時儂亦惡聞許願作石尤風四面斷行旅又云都護北征去相送落星墟帆檣如芒檉都護今何渠唐人用丁都護及石尤風事皆本此二辭絕妙宋武帝征伐武畧一代英雄而復風致如此其殆全才乎　楊升菴詞品

郎士元留盧秦卿詩云知有前期在難分此夜中無將故人酒不及石尤風打頭逆風也行舟遇之則不行此詩意謂行舟遇逆風則住故人置酒而以前期爲辭是故人酒不及石尤風矣語意甚工近日吳中刻唐詩不解石尤風爲何語遂改作古淳風可笑又可恨也　升菴詩話正楊云宋武帝丁督護歌云願作石尤風四面斷行旅似非打頭風也

徐幹室思曰浮雲何洋洋願因通我辭一逝不可歸嘯歌久踟躕人離皆復會我獨無反期自君之出矣明鏡闇不治思君如流水何有窮已時宋孝武帝擬之曰自君之出矣金翠蹔無精思君如日月迴環晝夜生一時諸賢共賦遂以爲題楊仲弘謂五言絕乃古詩末四句所以意味悠長蓋本於此 詩家直說

明帝 諱彧文帝第十一子歷封湘東王殺廢帝而自立

江夏王義恭 武帝桓美人所生也元嘉中爲司徒建武三年爲太宰爲廢帝所殺後謚曰文獻

南平王鑠 字休玄文帝第四子未弱冠擬古三十餘首時人以爲亞迹陸機然負才狡競孝武殺之

汝南王

隨王誕

王韶之 字休泰偉之之子晉義熙中除著作郎復補通直郎領西省事武帝受命加驍騎將軍少帝時出爲吳郡太守徵爲祠部尚書加給事中

何承天東海郯人博通古今尤精歷數仕宋領著作郎官至御史中丞

顏延之字延年瑯琊臨沂人性踈淡不護細行而文章冠絕當時初爲宋公豫章世子參軍及公卽帝位補太子舍人盧陵王待之甚厚執政以其搆扇異同因帝崩出爲始安太守文帝元嘉三年徵爲中書侍郎未幾復出守永嘉孝武登祚以爲金紫光祿大夫卒贈特進謚曰憲

延之與陳郡謝靈運俱以辭采齊名而遲速懸絕文帝嘗各勑擬樂府北上篇延之受詔便成靈運久之乃就　南史本傳

謝莊字希逸弘微之子仕文帝時爲隨王誕記室遷太子中庶子孝武立除侍中歷吏部都官尚書左衛將軍加給事中又領參軍將軍明帝時加金紫光祿大夫

謝靈運陳郡陽夏人以祖父並葬始寧縣遂移籍會稽晉孝武時襲封康樂公累遷黃門侍郎將宋公位相國以爲從事中郞遷世子左衛率及宋受禪降爵爲侯起爲散騎常侍轉太子左衛率武帝崩出爲

永嘉太守在郡辭歸始寧文帝登祚徵爲秘書監遷侍中未幾復稱疾歸好尋山陟險會稽太守孟顗表其有異志帝惜其才授臨川内史復爲有司所糾徙廣州尋以事詔就廣州棄市年四十九

謝靈運樂府皆模放陸平原而作源流見矣　李空同

謝惠連 丹陽尹方明之子十歲能屬文元嘉元年爲彭城王法曹參軍年二十七卒

鮑照 一作昭字明遠東海人文詞贍逸尤長於樂府始謁臨川王義慶貢詩言志擢爲國侍郎遷秣陵令文帝選爲中書舍人上方以文章自高頗多忌由是賦述不敢盡其才後臨海王子頊鎮荆州以爲前軍參軍時江外諸王皆拒命子頊敗遂遇害

鮑明遠才健其詩乃選之變體李太白專學之如腰鐮刈葵藿倚杖牧雞豚分明説出箇倔强不肯甘心之意如疾風衝塞起砂礫自飄揚馬毛縮如蝟角弓不可張分明説出邊塞之狀語又俊健　朱文公

明遠行路難壯麗豪放若决江河詩中不可比擬大似賈誼過秦論　許彦周詩話

鮑照詩秋霜曉驅鴈春雨暗成虹佳句也杜子美詩朔風驅胡鴈慘淡帶沙礫之句本此又楊休之洛陽伽藍記有北風驅鴈千里飛雲之語庾信詩秋風驅亂螢句亦奇甚　升菴集

鮑照苦熱行含沙射流影吹蠱痛行暉南中畜蠱之家蠱昏夜飛出飲水之光如曳彗所謂行暉也文選註行暉行旅之暉非也　升菴集

吴邁遠好爲篇章宋文帝聞而召之及見曰此人聯絶之外無所復有好自誇而蚩鄙他人每作詩得稱意語輙擲地呼曰曹子建何足數哉

孔甯子仕文帝時爲鎮西諮議參軍以文義見賞後遷黄門侍郎領步兵校尉

袁淑字陽源陳郡陽夏人少有風氣博涉多通元嘉中彭城王起爲祭酒累遷尚書吏部郎轉御史中丞再遷太子左衛率元兇將行弒逆呼淑與蕭斌同力諫不從遂遇害孝武立贈侍中太尉謚曰忠獻

顔師伯竣族兄也初隨孝武爲徐州主簿帝踐祚累遷侍中吏部尚書廢帝立與柳元景謀廢立伏誅

顔竣 字士遜延之之子也初隨孝武爲撫軍主簿及踐祚累遷吏部尚書諫諍懇切下獄賜死

臧質 字含文東莞莒人歷江州刺史以生擒元凶封始興郡公後與南譙王義宣謀反兵敗被誅

何偃 字仲弘廬江人元嘉中位太子中庶子孝武時累遷吏部尚書遷侍中卒

荀昶 字茂祖元嘉初以文義至中書郎

殷淡 字夷遠陳郡長平人歷黃門吏部郎太子中庶子步兵校尉大明中以文章見知爲當時才士

虞龢 餘姚人少居貧好學明帝時歷中書令

湯惠休 字茂遠初入沙門名惠休孝武命使還俗本姓湯位至揚州刺史

沈攸之 字仲達吳興武康人仕歷都督荊州刺史順帝時舉兵反敗誅

孔欣 以下爵里無考

南朝孔欣樂府云相逢狹路間道狹正踟躕轄步相與言君行欲焉如淳朴久已散榮利迭相驅流落尚

風波人情多遷渝勢集堂必滿運去庭亦虛兢趨當不暇誰肯顧桑樞未若及初九攜手歸田廬躬耕東山畔樂道讀玄書狹路安足遊方外可寄娛此詩高趣可並淵明欣早歲辭榮不負其言矣　升菴詩話

伍緝之

袁伯文

許瑤　詩品有齊朝許瑤之　又云許長於短句詠物或即此也

王歆之

尋陽漁父

鮑令暉　詩品曰齊鮑令暉歌詩往往嶄絕清巧擬古猶勝唯百願淫矣昭常答孝武云臣妹才自亞於左芬臣才不及太沖爾

華山畿女

齊

高帝姓蕭氏諱道成字紹伯
仕宋封齊王廢宋自立

武帝諱賾字宣遠高帝長子初仕宋爲江州
刺史輔高帝受禪功參佐命後嗣位

估客樂齊武帝之所作也其辭曰昔經樊鄧役阻潮梅根渚感意追往事意滿辭不叙阻潮一本作假楫武帝作此曲令釋寶月被之管絃帝遂數乘龍舟遊江中以紅越布爲帆綠絲爲帆縴鍮石爲篙足篙傍者悉着鬱林布作淡黃袴舞此曲用十六人云按史稱齊武帝節儉常自言朕治天下十年當使黃金與土同價然其從流忘返之奢如此
貽厥孫謀何怪乎金蓮布地也

褚淵字彥回河南陽翟人仕宋歷中書監司空齊高
帝立以佐命功進位司徒侍中封南康郡公

王儉字仲寶瑯琊臨沂人仕宋歷吏部郎侍中齊高帝
立改封南昌縣公累遷中書令國子祭酒謚文憲

徐孝嗣字始昌東海郯人也尚宋康樂公主拜駙馬都
尉入齊累遷侍中封枝江縣公東昏失德將謀

廢立事覺召入華林省飲藥死

王融字元帝瑯琊人僧達之孫也少警慧博涉多通仕齊武帝遷秘書丞歷中書郎竟陵王子良板爲寧朔將軍武帝大漸謀立子良及鬱林即位下獄賜死

王融巫山高煙華乍卷舒行芳時斷續今本行芳作猿鳥猿鳥字遠不及行芳也　升菴詩話

謝朓字玄暉宋僕射景仁之從孫少有美名齊隨王子隆鎮荊州以爲文學未幾求還都除新安王記室尋兼尚書殿中郎宣城王鸞輔政以爲驃騎諮議掌中書詔誥轉中書郎出補宣城太守後遷至吏部郎兼衛尉永元初江祏謀立始安王遙光引以爲黨不從下獄死

謝玄暉鼓吹曲凝笳翼高蓋疊鼓送華輈李善注徐引聲謂之凝小擊鼓謂之疊岑參凱歌鳴笳擁鼓迴軍急引聲謂之鳴疾擊鼓謂之擁凝笳疊鼓吉行之文儀也鳴笳擁鼓師行之武備也詩人之用字不苟如此觀者不可草草　升菴詩話

劉繪字士章彭城人雅麗有風則初為齊高帝行參軍歷位中書郎竟陵王開西邸繪為後進領袖梁武起兵朝廷以繪持節督四州軍事東昏殞城內遣繪及范雲送首詣梁王轉大司馬從事中郎卒

虞炎會稽人永明中以文學與沈約俱為文惠太子所遇意眄殊常官至驃騎將軍

檀約秀才以下四人附見謝朓集

江奐朝請

陶功曹失名

朱孝廉失名

謝超宗陳郡陽夏人靈運之孫好學有文辭盛得名譽仕宋歷通直常侍齊太祖拔為驃騎諮議及即位轉黃門郎有司奏立郊廟歌詔司徒褚淵等十人並作超宗辭獨見用世祖初詔徙廣州至豫章自盡

張融字思光吳郡人仕宋至儀曹郎入齊累遷司徒兼右長史卒

孔稚珪字德章會稽山陰人少學涉有美譽高帝爲驃騎取爲記室參軍建武初遷冠軍將軍遷太子詹事散騎常侍卒稚珪風韻清踈好文詠與外兄張融情趣相得居宅盛營山水憑几獨酌傍無襍事門庭之内草茅不剪

陸厥字韓卿吳郡人慧曉仲孫也少有風槩好屬文五言詩體甚新州舉秀才少傅主簿遷行參軍永元元年始安王反厥父閑被誅感慟而卒

朱碩仙

朱子尚

釋寶月

梁

武帝姓蕭氏諱衍字叔達初仕齊累遷隨王鎮西諮議參軍後討東昏而自立四傳五十五年

梁氏帝王武帝簡文爲勝湘東次之武帝之莫愁簡文之烏棲大有可諷餘篇未免割裂且佻浮淺下建業江陵之難故不虛也昭明鑒裁有餘自運不足　藝苑卮言

梁武帝作白紵舞辭四句令沈約改其辭爲四時白紵之歌帝辭云朱弦玉柱羅象筵飛管促節舞少年短歌留目未肯前含笑一轉私自憐嗟乎麗矣古今當爲第一也　許彦周詩話

梁武帝江南弄云衆花雜色滿上林舒芳耀彩垂輕陰連手躞蹀舞春心舞春心臨歲腴中人望獨踟躕此辭絶妙塡辭起於唐人而六朝已濫觴矣其餘若美人聯錦江南稚女諸篇皆是樂府具載不盡錄也　升菴詞品

昭明太子諱統字德施武帝長子也生而聰睿讀書數行並下每遊宴祖道賦詩皆屬思便成無所點易寛和容衆接引才俊喜文章聚書至三萬餘卷著述甚多年三十一薨

簡文帝諱綱字世纘武帝第三子也六歲能屬文讀書十行俱下辭藻豔發雅好賦詩然文傷輕靡時

號宮體初封晉安王雲麾將軍丹陽尹歷兗荊南徐雍益五州刺史昭明太子薨立爲皇太子及嗣位之後矦景制命期年遇弑

元帝諱繹字世誠武帝第七子也初封湘東王爲會稽太守入爲侍中丹陽尹出爲使持節都督荊州刺史鎮西將軍矦景反逆遣王僧辯討誅之遂卽位於江陵西魏見伐兵敗出降爲梁王詧所害

邵陵王綸武帝第六子也聰頴博學尤長尺牘爲頴州刺史矦景搆逆加征討大都督率衆討景不克死

武陵王紀字世詢一字大智武帝第八子也少勤學有文才屬辭不好輕華甚有骨氣天監中封武陵郡王揚州刺史轉益州刺史矦景亂紀不赴援僭號於蜀改元天正明年衆潰爲元帝將樊猛所殺

沈約字休文吳興武康人宋泰始中蔡興宗引爲安西記室參軍入齊爲太子家令累遷吏部郎出爲東陽太守明帝徵爲五兵尚書及梁武受禪以佐命功除僕射歷尚書令侍中封建昌侯加特進卒謚曰隱

江淹字文通濟陽考城人弱冠以五經授宋始安王劉子眞爲南徐州新安王從事奉朝請始安薨舉南徐州桂陽王秀才轉建平王主簿雅以文章見遇及王移鎮朱方又爲鎮軍參軍領東海郡丞王欲舉兵淹以爲諷乃黜爲吳興令齊高帝始置史館命淹掌之累遷御史中丞明帝時出爲宣城太守還爲秘書監兼衛尉入梁爲散騎常侍遷金紫光祿大夫卒謚曰憲

范雲字彥龍南鄉舞陰人初爲齊竟陵王府主簿歷始興內史遷廣州刺史免官少與梁武帝友善及武帝平建業以雲爲黃門郎與約同心翊贊遷散騎常侍吏部尚書卒謚曰文

任昉字彥昇樂安博昌人雅善屬文尤長載筆沈約一代詞宗深所推挹仕齊爲竟陵王記室參軍司徒長史武帝踐祚拜黃門侍郎掌著作出爲義興太守轉御史中丞出爲新安太守爲政清省吏民便之

武

丘遲字希範烏程人靈鞠之子在齊以秀才累遷殿中郎梁武帝平建業引爲主簿及踐祚遷中書郎出爲永嘉太守還拜中書侍郎後遷司空從事中郎

張率字士簡吳郡人年十二能屬文稍進作賦頌至年十六向二千許首起家齊著作佐郎遷尚書殿中郎太子洗馬武帝霸府建引爲相國主簿嘗爲待詔賦武帝手勑曰相如工而不敏枚臯速而不工卿兼之矣遂遷祕書丞後遷黃門侍郎出爲新安太守卒

孝經緯曰酒者乳也梁張率對酒詩如花良可貴似乳更堪珍杜子美山城乳酒下青雲本此

柳惲字文暢河東解人也少有志學工爲詩善尺牘齊竟陵王引爲法曹參軍累遷太子洗馬試守鄱陽相還除驃騎從事中郎武帝至京邑惲候謁石頭以爲冠軍征東府司馬天監初除長史累遷左民尚書廣州刺史徵爲秘書監復爲吳興太守爲政清靜民吏懷之感疾卒

王僧孺東海郯人七歲能讀十萬言家貧嘗傭書以養母寫畢即諷誦仕齊爲太學博士累遷尚書左

部郎出爲南康王
長史蘭陵太守

王錫 字公嘏琅琊人梁武令與張纘入
宮與昭明爲師友累遷吏部郎中

王規 字威明琅琊人儉之孫騫之子在武
帝時累遷太子中庶子領東兵校尉

張纘 字伯緒弘策子仕秘書郎遷太子舍人歷
寧蠻校尉爲岳陽王詧所執兵敗害之

殷鈞 一作均字季和陳郡長平
人歷東宮學士國子祭酒

庾肩吾 字子慎新野人八歲能賦詩初爲晉安王常侍
王爲太子兼通事舍人除安西湘東二王錄事
參軍累遷中庶子初簡文帝在藩雅好文士肩吾亦
預其選簡文即位肩吾爲度支尚書侯景矯詔遣肩
吾喻當陽公大心尋舉州降肩吾因逃赴
江陵未幾歷江州刺史領義陽太守卒

吴均 字叔庠吴興故章人也好學有俊才天監初柳惲
爲吴興召補主簿日引與賦詩均文體清拔有古
氣好事者效之謂爲吴均體建安王引爲記室尋
爲國侍郎還除奉朝請奉詔撰通史未就而卒

何遜字仲言東海郯人承天曾孫也天監中起家奉朝請遷建安王水曹參軍王愛文學日與宴遊及遷江州遜猶掌書記復爲安西安成二王參軍事兼尚書水部郎除廬陵王記室復隨府江州未幾而卒

銅爵妓云曲終相顧起日暮松柏聲句殊雄古而黃門謂其每病辛苦饑貧寒氣無乃太貶乎　東觀餘論

蕭子範字景則齊高帝之孫豫章王嶷之子永明中封岐陽侯拜太子洗馬梁天監初位司徒主簿累遷南平王從事中郎復爲臨賀王長史簡文即位召爲光祿大夫

蕭子顯字景暢子範弟好學工屬文七歲封定都縣侯梁天監初遷邵陵王友除黃門郎兼侍中國子祭酒武帝愛其才以爲吏部尚書爲吳興太守

蕭子雲字景喬子顯弟齊建武四年封新浦縣侯梁天監初遷丹陽郡丞大通三年復遷臨川內史還除散騎常侍歷侍中國子祭酒出爲東陽太守性沈靜不樂仕進風神閑曠任性不羣侯景亂奔晉陵卒

王籍字文海瑯琊臨沂人博涉有才氣爲任昉沈約所稱賞天監中除安成王主簿歷餘姚錢塘令並以放免除湘東王參軍隨府會稽郡還爲中散大夫

王訓字懷範暕長子幼聰警有識量文章之美爲後進領袖爲宣城王文學官至侍中

王泰字仲通瑯琊人僧虔之孫慈之子梁天監中爲秘書丞歷中書侍郎又爲廷尉卿遷吏部尚書

王筠字元禮一字德柔瑯琊人僧虔之孫楫之子幼清淨好學與從兄泰齊名歷仕尚書殿中郎累遷太子洗馬中書舍人與殷鈞並以方雅爲昭明太子所禮

王筠楚妃吟句法極異其辭云牕中曙　花早飛　林中明　鳥早歸　庭中日　暖春閨　香氣亦霏霏　香氣漂　當軒清唱調　獨顧慕　含怨復含嬌　蝶飛蘭復熏　裊裊輕風入翠裙　春可遊　歌聲梁上浮　春遊方有樂　沈沈下羅幕大率六朝人詩風華情致若作長短句即是辭也宋人長短句雖盛而其究皆有曲詩曲論之弊終非辭之本色　升菴詞品

王筠詠征婦裁衣行路難其畧云裲襠雙心共一抹袙腹兩邊作八撮襻帶雖安不忍縫開孔纔穿猶未達胷前却月兩相連本照君心不照天數句叙裁衣曲折纖微如出縫婦之口詩至此可謂細密矣

詩話

補遺

段成式漢上題襟集與温庭筠倡和詩章皆務用僻事其中一絶云柳煙梅雪隱青樓殘日黄鸝語未休見說自能裁袙腹不知誰更着帩頭按梁王筠詩詠裁衣有云裲襠雙心共一抹袙腹兩邊作八撮襻帶雖安不忍縫開孔裁穿猶未達袙腹者今之裹肚也羅敷行云少年見羅敷脫帽着帩頭　升菴集

劉孝綽字孝綽本名冉彭城人七歲能屬文梁天監初起家爲著作佐郎遷秘書丞甚爲武帝及昭明所禮累遷尚書吏部郎坐事左遷臨賀王長史卒孝綽雖負才陵忽前後五免然辭藻爲後進所宗也

劉孝儀字子儀本名潜字孝儀孝綽之弟寛厚有内行舉秀才累遷尚書殿中郎補太子洗馬陽羨令甚有稱績累官御史中丞出爲臨海太守遷都官尚書復爲豫州内史侯景逼建業孝儀遣子勵率兵入

援及宮城不守失郡卒

劉孝勝 孝儀之弟歷官邵陵王法曹湘東王記室武陵王長史信義蜀郡太守武陵王僭號以爲尚書僕射兵敗被執元帝宥之起爲司徒右長史

劉孝威 字孝威孝勝之弟氣調爽逸初爲晉安王法曹太清中遷太子中庶子通事舍人侯景亂孝威於圍中得出西上至安陸卒

劉孝標 本名峻平原人年八歲與母沒於魏齊永明中奔江南爲蕭遥欣刑獄梁天監初召入西省典校秘閣普通三年卒門人謚曰玄靜先生

劉遵 字孝陵孺之弟也清雅有學行工屬文爲晉安王宣德雲麾二府記室甚見賓禮王入爲皇太子除中庶子卒

劉邈 彭城人曾爲侯景所得景攻臺城不克邈勸景乞和全師景然之

陶弘景字通明丹陽秣陵人弱冠齊高帝引爲諸王侍讀永明十年上表辭祿止於句曲山自號華陽隱居梁武帝即位屢加禮聘不出卒謚曰貞白先生

宗夬字明敭南陽涅陽人世居江陵齊竟陵王集學士於西邸並見圖畫夬與焉明帝即位以爲郢州刺史仕梁至五兵尚書

周捨字昇逸汝南安成人起家齊太學博士累遷至太常丞武帝即位拜尚書祠部郎遷吏部郎太子詹事卒

徐勉字脩仁東海郯人仕齊累遷領軍長史梁武帝即位累官吏部尚書加中書令雖居顯職不營產業大通中復授侍中中衛將軍卒謚曰簡肅

徐勉迎客曲云絲管列舞曲陳含聲未奏待嘉賓羅絲管陳舞席斂袖嘿脣迎上客送客曲云袖縷紛聲委咽餘曲未終高駕別爵無筭景已流空紆長袖客不留徐勉在梁爲賢臣其爲吏部日宴客酒酣有求

詹事者勉曰今宵且可談風月其嚴正而文藴籍如此江左風流宰相豈獨謝安王儉邪　升菴文集

徐悱 字敬業勉之第二子也聰敏能屬文位太子舍人累遷洗馬出爲湘東王友遷晉安内史先勉卒

徐防 侍晉安王隨府在雍州號高齋學士

徐摛 字士績東海郯人初爲晉安王侍讀及王爲皇太子轉家令出爲新安太守遷太子左衛率簡文嗣位進授左衛將軍固辭不授簡文被閉摛不獲朝謁感氣而卒摛文體既別春宮盡學之宮體之號自斯而起

劉緩 按劉緩平原人爲湘東王記室未知是否史云劉緩淸虛遠有氣調風流迭宕名高一府

陸罩 字洞元吳郡人仕梁爲太子中庶子掌管記大同十年以母老求去母歿後位終光祿卿

江從簡 濟陽老城人革之子少有文名位司徒從事中郎侯景亂爲任約所害

虞羲 按本集序曰字子陽會稽人七歲能屬文齊始安王引爲侍郎尋兼建安征虜府主簿功曹又兼記

室參軍事天監中卒南史云羲字士光餘姚人有才藻卒於晉安王侍郎

江洪 濟陽人工屬文爲建陽令坐事死詩品曰洪詩雖無多亦能自迥出

謝徵 梁書作謝徵字玄度陳郡陽夏人好學善屬文初爲安成王法曹累遷中書鴻臚出爲豫章王長史蘭陵太守

謝舉 字言揚陳郡陽夏人莊之孫幼好學與兄覽齊名仕武帝時累遷尚書令

何思澄 字元靜東海郯人少勤學工文辭爲安成王記室遷治書侍御史通事舍人武陵王參軍

孔翁歸 會稽人工爲詩爲南平王記室

費昶 江夏人善爲樂府嘗作鼓吹曲武帝重之勅曰才氣新拔有足嘉異賜絹十疋

鮑機 北史鮑宏傳父機以才學知名仕梁位侍書御史

紀少瑜 字幼璵秣陵人爲晉安國中尉大同七年升爲東宮學士復除武陵王記室參軍

褚翔字世舉河南陽翟人終武帝世累遷吏部尚書毋喪以毀卒

張嵊字四山吳郡人起家秘書郎累遷爲吳興太守死於侯景之難

朱异字彦和吳郡錢塘人始爲揚州議曹從事召直西省累遷中領軍勸納侯景及侯景反城内文武咸尤之因慙憤發病卒

王臺卿梁南平王世子恪除雍州刺史賓客有江仲舉蔡遠王臺卿庾仲容四人俱被接遇按臺卿詩多與簡文倡和廣弘明集曰州民前臣刑獄參軍王臺卿

王冏以下爵里未詳

朱超朱超朱超道朱越各詩集所載名多互見疑是一人之作

戴暠

戴暠從軍行云長安夜刺閨胡騎犯銅鞮刺閨夜有急報投刺於宮門也南史陳文帝每夜刺閨取外事

分判者前後相續勑鷄人司漏傳籤於殿中令投籤於階石上踏然有聲隋煬帝詩投籤初報曉隋時此制猶存也　升菴詩話

沈君攸　後梁人

施榮泰　玉臺作施泰榮

高允生　樂府列梁人中

王循

房篆

裴憲伯

庾成師

車敫

姚翻

阮研一作妍

吳孜

鄧鏗

釋寶誌不知何許人有人於宋太始中見之齊宋之交稍顯靈跡被髮徒跣語默不倫預言未兆言多玄驗梁武帝尤深敬事天監十三年卒

王金珠

包明月

王叔英妻劉氏叔英瑯琊人妻劉氏繪之女孝綽之妹孝綽三妹並有才學一適張嵊一適徐悱

徐悱妻劉氏 孝綽之妹稱劉三娘姊妹二人並有才學悱妻文尤清拔悱爲晉安郡卒喪還建鄴劉爲祭文辭甚悽愴

范靜妻沈氏 唐藝文志有范靜妻沈滿願集三卷

陳

後主 諱叔寶字元秀宣帝子即位之後荒于酒色不恤政事而盛修宮室刑罰酷濫隋文帝命將南征兵敗入隋見宥給賜甚厚仁壽四年終於洛陽

陳後主於清樂中造黃驪留及玉樹後庭花金釵兩髻垂等曲與幸臣等製其歌詞綺艷相高極於輕蕩男女唱和其音甚哀 隋書樂志

陰鏗 字子堅武威人五歲能誦詩賦日千言尤善五言詩爲當時所重仕梁爲湘東王法曹行參軍陳大嘉中爲始興王軍錄事參軍累遷晉陵太守員外散騎常侍卒

徐陵字孝穆東海郯人摛之子初爲梁晉安王參軍累
遷至散騎常侍仕陳歷侍中安右將軍光祿大夫
太子少傅南徐州大中正建昌縣開國
侯氣局深遠清簡寡欲爲一代文宗

徐陵長相思云長相思好春節夢裏恒啼悲不洩帳
中起總前咽柳絮飛還聚遊絲斷復結欲見洛陽花
如君隴頭雪蕭淳和之云長相思久離别新燕參差
條可結狐關遠雁書絕對雲恒憶陣看花復愁雪猶
有望歸心流黄未剪
截二辭可謂勍敵　升菴集

沈烱字初明吳興武康人約之後有雋才仕梁爲吳令
侯景之亂景將宋子仙據吳興逼令掌書記及景
東奔烱妻子皆爲景害元帝立封原鄉侯領尚書左
丞魏尅荊州被虜授儀同以母在東求歸陳武帝以
爲御史中丞文帝
立加明威將軍

周弘讓弘正之弟隱居茅山晚仕侯景爲中書侍郎
承聖初爲國子祭酒陳天嘉中領太常卿

陸瓊字伯玉吳郡人幼聰惠有思理仕陳累官吏部尚
書性謙儉不自封殖以母憂去職哀慕過毀卒

陸瑜字幹玉吳郡人瓊之從父弟也仕陳累官太子洗馬中舍人與兄琰並以才學侍東宮時人比之二應

張正見字見賾清河東武城人幼好學有清才梁太清初射策高第除邵陵王國常侍梁元帝立拜通直散騎侍郎遷彭澤令屬亂避地匡俗山陳武受禪除鄱陽王參軍衡陽王長史累遷散騎侍郎太建中卒

江總字總持濟陽考城人初仕梁累官至尚書僕射陳天嘉中轉太子詹事後主嗣位歷任尚書令不持政務但日與後主隨宴後庭多爲艷詩國政日頹君臣昏亂陳亡入隋拜上開府開皇中卒

江總折楊柳云塞北寒膠折江南楊柳結不悟倡園花遙同葱嶺雪春心既駘蕩春樹聊攀折共此依依情無奈年年別唐張說詩亦云塞上綿應折江南草可結欲持梅嶺花遠競榆關雪微變數字不妨雙美沈滿願詩征人久離別故國音塵絕夢裏洛陽花覺來葱嶺雪劉方平梅詩歲晚芳梅樹繁苞四面同春

風吹漸落一夜幾枝空小婦今如此長城恨
不同莫將遠海雪來此後庭中 升菴集
何彼穠矣之詩美王姬而作也周姬姓故皇女皆稱
姬如陳嬀楚芊齊姜之類是也後世凡婦人皆稱姬
誤矣南朝人士皆謂姬人如蕭綸見姬人詩所謂狂
夫不妬妾隨意晚還家劉孝綽詠姬人未出詩所謂
帷開見釵影簾動聞釧聲王僧孺爲姬人怨詩所謂
還君與妾扇歸妾與君裘江揔爲姬人怨服藥詩所
謂妾家邯鄲好輕薄特忿仙童一丸藥是也[redacted]韻語
陽秋按稱姬不始於南朝如蔡文姬之類[redacted]

顧野王 字希馮吳郡吳人也少以篤學至性知名梁大
通初除太學博士歷臨賀宣城瑯琊三王官入
陳歷撰史學士後主
東宮管記光祿卿
宗懍春望詩曰日暮春臺望徙倚愛餘光都尉新移
棗司空始種楊一枝猶桂馥十步有蘭香望望無萱
草洸憂竟不忘顧野王芳樹詩曰上林通建章禖樹
偏林芳日影桃蹊色風吹梅徑香幽山桂葉落馳道
柳條長折榮疑路遠用表莫相忘二詩前首五用草
木名後首四用草木名在後人則不勝其贅矣而清

麗胱灑如此宗詩前聯都尉移棗蓋用漢藝文志有
尹都尉移植棗杏梅李法司空種楊則用淮南子時
則訓三月其官司空其樹楊也用事
頗僻故須詮詁始見其妙　升菴集

傅縡字宜事北地靈州人梁太清末攜母南奔避亂王
琳引爲記室琳亡陳文帝召爲撰史學士後主立
累遷秘書監右衛將軍兼中書通事舍人性木强負
才使氣施文慶等譖之後主收下獄縡憤恚於獄中
上書極諫後
主怒賜死

褚玠字温理河南陽翟人起家王府法曹爲山陰令去
官之日貧不堪自致皇太子賜粟米二百斛得還
都令入直殿省
累遷御史中丞

岑之敬字思禮南陽人年十六對策擢高第累遷晉安
王中記室陳太建初授東宮學士轉南臺侍御
史征南府諮議參軍性謙
謹士君子以篤行稱之

古有三句之詩意足詞贍盤屈於二十一字之中最
爲難工徧檢前賢詩不過四五首而已岑之敬當壚

曲云明月二八照花新當壚十五晚 詩話

留賓回眸百萬橫自陳最爲絶倡 補遺

徐伯陽 字隱忍東海人大同中爲候官令甚得人和陳天嘉中爲侯安都記室參軍累遷鎭安新安王府諮議參軍

蔡君知 凝之子頗知名

阮卓 陳留尉氏人幼聰敏篤志經籍尤工五言性至孝有廉節仕陳爲新安王府記室累遷德教殿學士聘隋還除南海王府諮議參軍陳亡入隋

陳昭 義興國山人慶之之子慶之在梁以軍功封永興侯卒昭嗣位

陳暄 昭之弟學不師受而文才俊逸後主在東宮引爲學士及即位遷通直散騎常侍與王叔達孔範等入禁中陪宴號爲狎客暄通脱以俳優自居爲後主侮虐悸死

祖孫登 仕爲陳記室侯安都引以爲客

謝爕 陳書太建十二年吏部侍郎缺所司屢舉謝爕等宣帝不用乃中召用蕭引

蕭銓 南史蕭銓仕陳爲黄門郎

賀徹 仕陳爲左戶郎

李爽 仕陳爲中記室

蕭賁 字文奐齊竟陵王子良之孫神識耿介幼好學有文才起家梁湘東王法曹參軍

王瑳 與江摠孔範等並爲狎客刻薄貪鄙忌害才能陳亡入隋被流遠裔

蘇子卿

陽縉

賀力牧

伏知道

陳伏知道從軍五更轉隋煬帝效之作龍舟五更轉 升菴集

毛處約

陸系

獨孤嗣宗

江暉

李爕

何楫

蕭淳

孔仲智

徐堪一作徐湛

吳思玄

殷謀

賈馮吉

[redacted]

北魏

胡武靈后 安定臨涇人司徒國珍女宣武召入爲承華世婦生明帝尊爲皇太后後爾朱榮沈于河

楊華既奔梁元魏胡武靈后作楊白花歌令宮人連臂蹋之聲甚悽斷柳子厚樂府云楊白華風吹渡江水坐令宮樹無顏色搖蕩春心幾千里回看落日下長楸哀歌未斷城烏起言婉而情深古今絕唱也魏舊歌云陽春二三月楊柳齊作花春風一夜入閨闥楊花飄落入南家含情出戶脚無力拾得楊花淚霑臆秋去春來雙燕子願銜楊花入窠裏此辭亦自奇麗錄之以存古出樂府廣題云　許彦周詩話

蕭綜字世謙梁武帝第二子封豫章王普同初爲都督
南兗州刺史鎮彭城奔魏歷司徒太尉尚壽陽公
主在魏不得志嘗作聽
鐘鳴悲落葉以申其志

高允字伯恭渤海蓨人少好學博通經史神䴥初參樂
平王軍事獻文末授懷州刺史太和二年拜鎮軍
大將軍領中秘書事加光祿大夫歷事
五帝出入三省五十餘年初無譴咎

王肅字恭懿瑯琊臨沂人仕齊爲秘書丞父奐及兄弟
並爲南齊武帝所殺太和中奔魏孝文虛衿待之
累遷尚書令宣武時尚陳留公主後以破齊
進位開府儀同三司封昌國縣侯揚州刺史

祖瑩字元珍范陽遒人孝文時拜太學博士累遷國子
祭酒領給事黄門侍郎孝武登祚封文安縣子天
平初進
爵爲伯

温子昇字鵬舉其先太原人祖避難家於齊陰博覽百
家文章清婉熈平初舉高第擢御史孝莊即位
補南主客郎中遷散騎常侍中大將軍領本州
大中正齊文襄引爲諮議後以事下晉陽獄死

高孝緯

王容

祖叔辨

北齊

邢邵字子才河間鄚人十歲能屬文日誦萬餘言文章典麗既贍且速釋巾爲魏武挽郎累除國子祭酒齊宣武輔政徵爲賓客除黃門侍郎遷太常卿授特進邵率情簡素博覽墳籍公私諮稟爲世指南焉

魏收字伯起鉅鹿下曲陽人仕魏典起居注兼中書舍人與温子昇邢子才齊名世號三才天保初除中書令兼著作郎後除光祿大夫尚書右僕射特進謚文貞收有才無行在京洛輕薄尤甚人號爲驚蛺蝶

祖珽字孝徵瑩之子神清機警詞藻遒逸少馳令譽爲當世所推起家秘書郎後主時佞于陸媪拜尚書左僕射封燕國公專主機衡後以罪出爲北徐州刺史

裴讓之 字士禮河東聞喜人少好學有文情魏天平中舉秀才遷主客郎歷中書舍人散騎常侍及齊受禪封宜都縣男尋除清和太守後被罪賜死

劉逖 字子長彭城人齊文襄以爲永安公參軍至武成時遷散騎常侍未幾與崔季舒等同戮

盧詢 名見顏氏家訓云范陽盧詢郎疑盧詢祖也樂府作陳人

高昂 字敖曹北海蓨人齊神武起因成霸業除侍中司徒兼西南道都督酷好爲詩雅有情致時人稱焉

荀仲舉 字士高潁川人世江南仕梁爲南沙令後至北齊入文林館以年老家貧出爲義寧太守樂府玉臺俱作陳人

蕭慤 字仁祖蘭陵人梁宗室上黃侯曄之子太保中入齊武定中爲太子洗馬後主時爲齊州錄事參軍待詔文林館後入隋

蕭轂 樂府英華並作蕭轂苑詩類選作蕭慤

陸卬 字雲駒齊之郊廟諸歌多卬所制

顏之推 字介卿瑯琊臨沂人初爲梁湘東王常侍元帝即位以爲散騎侍郎後爲周軍所破奔齊累官黃門侍郎平原太守齊人入周爲御史上士隋開皇中太子召爲文學以疾終

陸法和 不知何許人隱於江陵百里洲妙解神術預見萌兆再爲元帝破賊帝以法和爲都督郢州刺史封江乘縣公元帝敗入齊文宣以爲大都督荊州刺史湘郡公無病而終

盧士深妻崔氏

北周

趙王招 字豆盧突文帝第七子幼聰穎博涉羣書好屬文學庾信體武成初封趙國公歷大司馬進爵爲王隋文將遷周鼎招欲圖之會謀泄隋文陷以謀反見害國除

蕭撝 字智遐梁安成王秀之子封永豐侯歷黃門侍郎及侯景作亂從武陵王紀爲征西大將軍守成都

以周文帝見討遂歸西魏授侍中武帝時爲文學博士歷少傅改封蔡陽郡公

徐謙

王褒字子深琅邪臨沂人儉之曾孫規之子也仕梁歷吏部尚書右僕射荆州破入長安授車騎大將軍明帝即位特加親待尋加開府儀同三司武帝時爲太子少保遷少司空出爲宜州刺史

庾信字子山新野人幼而俊邁博覽群書父肩吾爲梁太子中庶子東海徐摛爲左衛率摛子陵及信並爲抄撰學士父子東宮出入禁闥既文並綺艷故世號爲徐庾體焉累遷通直散騎常侍聘于東魏文章辭令甚爲鄴下所稱梁元帝稱制除御史中丞及即位轉右衛將軍江陵平累遷開府儀同三司

庾信之作如玉臺九成瓊樓數仞規模崇麗氣象清新步虛諸什並懸絕塵境　竹林詩評

尚法師

隋

煬帝 諱廣隋文皇第二子立爲晉王後陰謀得爲太子弒父自立在位十二年荒淫暴虐爲宇文化及所弒隋書文苑傳叙曰煬帝初習藝文有非輕側之論暨乎即位一變其體與越公書建東都詔冬至受朝詩及擬飲馬長城窟並存雅體歸於典制雖意在驕淫而詞無浮蕩故當時綴文之士遂得依而取正焉

蕭岑 字智遠梁宣帝第八子封河間王改吳郡王位至太尉及琮嗣位自以望重屬尊頗有不法隋文帝徵入朝拜大將軍封懷義郡公遂留不遣

王通 字仲淹河汾人既冠西見隋文帝獻太平十二策不用東歸其後累徵不起講道河汾之上卒謚曰文中子

牛弘 字里仁安定鶉觚人仕周歷内史下大夫入隋進封奇章郡公大業初歷右光禄大夫從幸江東卒

李德林 字公輔博陵安平人初仕齊儀同二司及周武帝克齊授内史上士宣帝大漸屬隋高祖受顧命德林叶贊謀猷禪代之文皆德林辭也初受内史令安平縣公出爲湖州刺史

楊素字處道弘農華陰人仕周以平齊加上開府封成安縣公隋高祖受禪加上柱國進封越國公累官右僕射晉王廣弑立素之謀也大業初遷尚書令拜太師改封楚公卒

何妥字栖鳳西城人少機敏以技巧事梁湘東王江陵陷周武帝尤重之隋高祖受禪奉詔考正鍾律累遷國子祭酒

盧思道字子行范陽人才學兼著齊天保中直中書省待詔文林舘周武帝平齊授儀同三司隋開皇間爲散騎侍郎

薛道衡字玄卿河東汾陰人專精好學甚著才名爲齊尚書左外兵郎齊亡周武引用爲御史二命士隋受禪除內史累遷上儀同三司出檢校襄州煬帝嗣位道衡上文皇帝頌帝覽之不悅尋以論時政見害

李孝貞字元操以字行趙郡人齊黃門侍郎周平齊轉下大夫隋開皇初參典文翰歷金州刺史

辛德源字孝基隴西狄道人仕北齊歷遷郎中齊滅仕周隋受禪隱林慮山中著幽居賦刺史崔[redacted]武奏之謫從軍討南寧還牛弘薦修國史轉諮議參軍卒

柳䛒字顧言襄陽人初仕梁梁亡入隋爲東宮學士俊辨嗜酒言雜俳諧爲太子所親狎煬帝嗣位拜秘書監從幸江都卒

虞世基字茂世會稽餘姚人博學有高才仕陳歷尚書左丞入隋爲通直郎直內史省煬帝顧遇彌隆幸江都時天下大亂世基唯諾取容郡縣兵敗不敢以聞及宇文化及弑逆亦遇害

虞茂隋史無虞茂虞世基字茂世諸集多以二名互載

虞世南字伯施世基弟文章婉縟陳至德初除西陽王友陳滅與兄世基同入隋時人以方二陸累至秘書郎煬帝雅愛其才然疾峭正十年不徙後入唐累官秘書監

諸葛潁字漢丹陽建康人起家梁邵陵王參軍侯景之亂奔齊遷太子舍人入隋晉王廣引爲參軍及

即帝位遷著作
郎從駕北巡卒

王胄字承基少有逸才仕陳鄱陽王法曹參軍太子舍
人東陽王文學陳滅晉王引爲學士大業初爲著
作佐郎楊玄感敗胄坐交
遊徙邊亾匿江左捕誅

孔紹安大業末爲監察御史入
唐拜內史舍人秘書監

岑德潤南陽人之敬子有父風
位中軍吳興王記室

陳子良吳人在隋未有考入唐
爲太子學士貞觀中卒

陳良

庾抱仕隋爲元德太子學士
入唐正觀初徙趙王友

袁朗雍州長安人在陳爲秘書郎累遷太子洗馬德教
殿學士入隋歷尚書儀曹郎後入唐轉給事中

明餘慶平原鬲人官至司門郎越
王侗稱制爲國子祭酒

柳莊 字思敬河東解人事梁主累遷太府卿梁廢入隋授開府儀同除給事黃門侍郎樂府作陳人

李巨仁

弘執恭

王由禮 徐伯陽傳伯陽大建初與中記室李爽記室張正見左户郎賀徹學士阮卓黃門郎蕭銓三公郎王由禮處士馬樞記室祖孫登比部郎賀循長史劉刪等爲文會友

魯范

殷英童

僧法宣 續高僧傳云常州弘業寺沙門法宣隋人後入唐

釋慧淨

沸大 見禪藻集

杭靜 江都宮人

丁六娘

羅愛愛

僊

西王母 法嬰 上元夫人 匝四妃 三元夫人馮雙禮

雲林右英夫人媚蘭 紫微夫人青娥 英王夫人 中候夫人 昭靈李夫人 南極紫元夫人 九華安妃

東華上房靈妃

太微玄清左夫人

張麗英

衛羅女配瑛
東王公玉童
太極真人
方諸青童
扶桑神王
清虛真人
周採薪人
赤松子
王子喬
蘇躭

丁令威

車子侯

裴玄成

杜廣平

敬玄子

郭四朝

李桓

桓凱

武夷君

鬼

郭長生

劉惠明女

青溪小姑蔣氏

廬山夫人女婉

陳阿登

陵欣

聶包

古樂苑衍錄卷三一　終

古樂苑衍錄卷第四

襍紀 評解 駁異

古歌

說苑載孔子曰違山十里蟪蛄之聲猶尚在耳言政事之惡譁而喜肅也夫蟪蛄之聲必在山林之地違山十里則朝市矣市有蟪蛄之聲則朝有蜩螗之沸政之譁也甚矣史記云魯之衰也洙泗之間齗齗如也齗齗交爭之意即孔子之所謂譁也　丹鉛續錄

郊祀歌

天馬徠歷無草草即皁字从艸从早艸字可染皁也後借爲皂隷之皂歷解爲槽櫪之歷言其性安馴不煩控制也師古解爲水草之草失之　丹鉛餘錄

正揚云漢志天馬來歷無草徑千里循東道張晏曰馬從西而來東也師古曰言馬從西來經行磧鹵之地無草者凡千里而至東道據歌中上下文意馬尚

未至安得郎說槽櫪且染皂何施又云皂隸之皂將用以控此馬乎殊不可曉象載瑜白集西顏師古曰象載瑜言山出象輿瑞應車也赤蛟章云象輿轙即此也而景星章云象載昭庭師古曰象謂縣象也縣象祕事昭顯於庭也二字同出一處而自為兩說按樂章詞意正指瑞應車言昭列於庭下耳三劉漢釋之說亦得之而謂白集西為西雍之麟此則不然蓋歌詩凡十九章皆書其名於後象載瑜前一行云行幸雍獲白麟作自為前篇朝隴首覽西垠之章不應又於下篇贅出之也　容齋三筆

漢鼓吹鐃歌

十九章假意刻酷煉字神奇　詩譜　藝苑卮言云信哉然失之太峻有秦風小戎之遺非頌詩比也

温裕純雅古詩得之遒深勁絕不若漢鐃歌樂府詞　談藝錄

古詩句格自質然大入工唐風山有樞云何不日鼓瑟鐃歌辭曰臨高臺以軒可以當之又江有香草目

以蘭黃鵠高飛離哉翻絕工美可爲七言宗也　談藝錄

晉凱歌

張華勞還師歌曰昔往冐隆暑今來白雪霏劉禹錫曰昔看黃菊與君別今見玄蟬我去回權德輿曰去時樓上清明夜月照樓前撩亂花今日成陰復成子可憐春盡未歸家皆紀時也此祖詩昔我往矣楊柳依依今我來思雨雪霏霏之意方干詩曰去時初種庭前樹樹已勝巢人未歸　野客叢書

漢橫吹曲

江總折楊柳云塞北寒膠折江南楊柳結不悟倡園花逕同葱嶺雪春心旣駘蕩春樹聊攀折共此依依情無奈年年別唐張說詩亦云塞上綿應折江南草可結欲持梅嶺花遠競楡關雪微變數字不妨雙美沈滿願詩征人乆離別故國音塵絕夢裡洛陽花覺來葱嶺雪劉方平梅詩歲晚芳梅樹繁苞四面同春風吹漸落一夜幾枝空小婦今如此長城恨不同莫將遼海雪來此後庭中　升菴集

梁橫吹曲

岑參凱歌鳴笳攂鼓擁回軍今本攂作疊非近制啓明定昏鼓三通曰發攂當用此字俗作擂非攂亦俗字然差善於擂古樂府官家出遊雷大鼓雷轉作去聲用　升菴集

木蘭詩

木蘭歌最古然朔氣傳金柝寒光照鐵衣之類已似太白必非漢魏人詩也　滄浪詩評詩家直說云

嚴滄浪曰木蘭歌朔氣傳金柝寒光照鐵衣酷似太白非漢魏人語左舜齊曰况有可汗大點兵之句乃唐人無疑魏太武時柔然已號可汗非始於唐也通篇較之太白殊不相類

木蘭詩唐人所作也樂府中惟此詩與焦仲卿詩作叙事體有始有卒雖辭多質俚然有古意　劉後村

杜子美祖木蘭詩

唐子西文錄

木蘭辭願借明駝千里足送兒還故鄉今本或改明作鳴非也駝卧腹不帖地屈足漏明則走千里故曰

明駝唐制驛置有明駝使非邊塞軍機不得擅發楊妃私發明駝使賜安祿山荔枝見小說　升菴集正楊云後魏書曰高祖不飲洛水常以千里足明駝更互回恒州取水以供膳焉

木蘭朱氏女子代父從征今黄州黄陂縣北七十里有木蘭縣木蘭山將軍冢忠烈廟　焦氏筆乘

相和曲

樂府烏生八九子東門行等篇如淮南小山之賦氣韻絶峻不可與孟德道之王劉文學曹當內手爾　談藝錄

日出東南隅行古辭曰日出東南隅照我秦氏樓舊說邯鄲女子姓秦名羅敷爲邑人千乘王仁妻仁爲趙王家令羅敷出採桑陌上趙王登樓見而悅之置酒欲奪焉羅敷彈箏作陌上桑以自明不從今其辭乃羅敷採桑陌上爲使君所邀羅敷底誇其夫爲侍郎以拒之論者病其不同大抵詩人感詠隨所命意不必盡當其事所謂不以辭害意也且發乎情止乎禮義古詩之風也今次是詩益將體原其蹟而以辨

麗是淫約之以義殆有所未合而盧思道傅縡張正見復不究明更爲祖述使若其夫不有東方騎不爲侍中郎不作專城居乃得從使君之載歟如劉邈王筠之作蠶不飢日未暮亦安得徬徨爲使君留哉蕭撝般謀曾不足道而沈君攸所謂看金怯舉意求心自可知也庶幾焉故秋胡婦曰婦人當採桑力作以養舅姑亦不願人之金此眞烈婦之辭耳　樂府集

吟歎曲

史記封禪書注引裴秀冀州記云緱氏仙人廟者昔有王僑犍爲武陽人爲栢人令於此登仙非王子喬也唐詩王子求仙月滿臺又云可憐緱嶺登仙子猶自吹笙醉碧桃誤也久矣

平調曲

梁戴暠從軍行云長安夜刺閨胡騎犯銅鞮刺閨夜有急報投刺於宮門也南史陳文帝每夜刺閨取外事分判者前後相續勅鷄人司漏傳籤於殿中令投籤於階石上鎗然有聲隋煬帝詩投籤初報曉隋時

此制猶存也　升菴集焦氏筆乘云非也剌郎鑽剌之剌如云穴門以入耳南史陳文帝一夜内剌閨取外事分判者前後相續豈亦可以授剌爲解耶

明皇自蜀回登勤政樓歌曰庭前琪樹已堪攀塞北征人竟未還此盧思道歌詞也　歷代吟譜

清調曲

豫章行豫章邑名漢南昌縣隋爲豫章有豫章江江連九江有釣磯陶侃少時嘗宿此夜聞人唱聲如量米者訪之吳時有度支於此亡今考傳玄陸士衡輩所作多叙别離怨恨思郎知豫章昔爲華艷盛麗之區耳至唐杜牧詩尚過稱其後靡焉

董桃行言神仙事傅休奕九秋篇十二章乃叙夫婦别離之思梁簡文賦行幸甘泉宮歌復云董桃律金紫賢妻侍禁中疑若引董賢及子瑕殘桃事終云不羨神仙侶排煙逐駕鴻皆所未詳按漢武内傳王母觴帝命侍女索桃剌桃七枚大如鴨子形色正青以四枚啗帝因自食其三帝收餘核王母問何爲帝曰

欲種之王母曰此桃三千歲一生實奈何帝乃止於是數過命侍女董雙成吹雲和笙觴作者取諸此耶

並樂府集

古樂府歌辭先述三子次及三婦三婦是對舅姑之稱其末章云丈人且安坐調弦未遽央古者子婦供事舅姑旦夕在側與兒女無異故有此言丈人亦長老之目今世俗猶呼其祖考爲先亡丈人又疑丈當爲大北間風俗婦呼舅爲大人公丈之與大易爲誤耳近代文士頗作三婦詩乃爲匹嫡並耦已之羣妻之意又加鄭衛之辭大雅君子何其謬乎　顔氏家訓

康翊仁鮫人潛織詩三日丈人嫌樂府焦仲卿妻云日斷五匹大人故嫌遲後漢范滂謂母爲大人而史記索隱注韋昭云古者名男子爲丈人尊父嫗爲丈人故漢書宣元六王傳所云丈人謂淮陽憲王外王母即張博母也故古詩云三日斷五匹丈人故嫌遲也　吟牕襍錄

蔡寛夫詩話曰詩人用事有乘語意到輒從其方言爲之者亦自一體但不可爲常耳吳人以作爲佐音

退之詩非閣復非船可居兼可過君欲問方橋方橋
如此作乃用佐音不知當時所呼通爾或是戲語也
僕按廣韻作字有三音一則洛切二臧路切三則邏
切退之詩韻正叶則邏切音佐耳又後漢廉范傳云
廉叔度來何暮不禁火民安作昔無襦今五袴此作
字臧路切音措耳又苕谿漁隱引老杜主人送客何
所作以謂此語已先於退之用矣僕謂何止老杜與
杜同時如岑參詩歸夢秋能作鄉書醉懶題在杜之
先如安東平古調微物雖輕拙手所作餘有三丈爲
郎別厝此類甚多在退之之前不但杜用此語也古
詞所叶正與廉歌一同明道雜志引皮日休詩共君
作箇生涯之語謂作讀爲佐不止退之一詩僕謂張
右史亦失記杜岑之作爾權德輿詩小婦無所作自
注音佐僕考小婦無所作乃古樂府中語以作爲佐
知自古已然矣毛詩侯祝侯
作字作詛字讀　野客叢書

今人詩句多用未渠央事往往不究來處渠字作平
聲用按庭燎詩夜未央注云夜未渠央渠其據切當
呼遽只此一音謂夜未遽盡也古樂府王融三婦豔
詩曰丈人且安坐調絃未遽央又長安狹斜行曰丈

夫且徐徐調絃詎未央淵明詩曰壽考豈渠央魯直詩曰木穿石磐未渠透竝合呼遽史記尉佗曰使我居中國何渠不若漢班史作何遽不若漢益可驗也　野客叢書

今文語辭朅來聿來不知所始按楚辭車既駕兮朅而歸不得見兮心傷悲舊注朅去也又按呂氏春秋膠鬲見武王於鮪水曰西伯朅來無欺我也武王曰不子欺將伐殷也膠鬲曰朅至武王曰將以甲子日至註朅何也若然則朅之爲言盍也若以解楚辭則謂車既駕矣盍而歸乎以不得見而心傷悲也意尤婉至則今文所襲用朅來者亦謂盍來也非是發語之辭矣文選註劉向七言曰朅來歸耕永自疏顏延年秋胡妻詩曰朅來空復辭皆謂盍字始通　升菴集

瑟調曲

杜詩大家東征逐子回劉須溪云逐字不佳予思之杜詩無一字無來處所以佳此逐字無來處所以不佳也今稱人之母隨子就養曰逐子可乎然亦未有他好字易之近有語予以將字易之詩云不遑將母

詮反言見義若春秋杞伯姬以其子來朝而書杞伯姬來朝其子之例也爲文富於萬篇貧於一字其難如此古樂府有一毋將九雛之句則將字甚愜當試與知音訂之 升菴集

生年不滿百四語西門行亦擬之古人不諱重襲若相援爾覽西門終篇固咸自鑠古詩然首尾語精美可二也

談藝錄

晏元獻守汝陰梅聖俞往見之置酒潁川上晏言古人章句中全用平聲製字穩帖如枯桑知天風是也

西清詩話

古詩有客從遠方來遺我雙鯉魚呼童烹鯉魚中有尺素書魚腹中安得有書古人以喻隱密也魚沈潛之物故云

夷白齋詩話

古樂府詩尺素如殘雪結成雙鯉魚要知心裏事看取腹中書據此詩古人尺素結爲鯉魚形即緘也非如今人用蠟文選客從遠方來遺我雙鯉魚即此事也下云烹魚得書亦譬況之言耳五臣及劉履謂古

人多於魚腹寄書引陳涉罩魚倡禍事
証之何異痴人說夢邪　丹鉛餘錄

大曲

任昉云六言詩始於谷永慎按文選注引董仲舒琴
歌二句亦六言不始於谷永明矣樂府滿歌行尾一
解命如鑿石見火居世竟能
幾時亦六言也　升菴集

清商曲

吳聲歌曲
西曲歌

古辭曰黃蘗向春生苦心隨日長又曰霧露隱芙蓉
見蓮不分明又曰石闕生口中銜碑不得語又曰莒
蒲花可憐聞名不相識又曰桑蠶不作繭晝夜長懸
絲又曰理絲入殘機何悟不成匹又曰桐樹不結花
何由得梧子又曰殺荷不斷藕蓮心已復生此皆吳
格指物借意樂府解題以此爲風人詩取陳詩以觀
民風示不顯言
之意

古樂府云金銅作蓮花蓮子何其貴攤門不安鎖無
復相關意石濶生口中含悲不得語石濶古漢時碑

名故云

夷白齋詩話

尤延之詩話云會眞記隔墻花影動疑是玉人來本于李益開門風動竹疑是故人來然古樂府風吹窻簾動疑是所歡來其詞乃齊梁人語又在益先矣　升菴集

鳳將雛曲吳競樂府題要云漢世樂曲名也而郭茂倩樂府詩集中無此詞獨通典載應璩百一詩爲作陌上桑反言鳳將雛張正見置酒高樓上云琴挑鳳將雛當是用相如鼓琴挑云鳳兮歸故鄉遨遊四海求其凰之義則此曲其來久矣按晉書樂志吳聲十曲一曰子夜二曰上柱三曰鳳將雛此三曲自漢至梁有歌今不傳矣

葛常之詩話

晉沈玩前溪歌二首前溪滄浪映通波澄綠清聲弦傳不絕寄汝千載名永使天地幷黃葛結蒙蘢生在洛溪邊花落隨水去何當順流還還亦不復鮮五言五句之詩古今惟此此外梁宮人包明月亦作前溪歌當曙與未曙百鳥啼前窻獨眠抱被嘆憶我懷中儂單情何時雙窻粗叢切雙疎工切用韻甚古　焦

宋高宗每欲除異巳必令壯士丁昕拉殺昕即樂府所謂丁都護者也時人爲之語曰莫跋扈付丁昕蕭齊主道成亦然其所任者桓康也時人亦語曰莫輒張付桓康二事旣同而字亦對又皆協韻甚奇晉史載謝安石語亦有韻曰天子有道守在四鄰明公何須屋後着人正可破此二主[redacted]

古樂府青溪小姑曲云開門白水側近橋梁小姑所居獨處無郎唐李義山詩神女生涯元是夢小姑居處本無郎小姑蔣子文第三妹也楊炯少姨廟碑云虞帝二妃湘水之波瀾未歇蔣侯三妹青溪之軌跡可尋　升菴詩話

録異傳云建安中劉照爲河間太守婦亡埋棺於府園中遭黃巾賊照委郡走後太守至夢見一婦人往就之後又遺一雙鎖太守不能名婦曰此蕨甤鎖也以金鏤相屈伸在人實寶物吾方當去故以相別愼勿告人後二十日照遣兒迎喪守乃悟云云兒見鎖悲痛不能自勝古樂府烏夜啼云歡下葳甤籥交儂

那得佳

正楊

六朝樂府雙行纏其辭云新羅繡行纏足趺如春妍他人不言好獨我知可憐唐杜牧詩云鈿尺裁量減四分碧琉璃滑裹春雲五陵年少欺他醉笑把花前出畫裙段成式詩云醉袂幾侵魚子纈彯纓長戞鳳皇釵知君欲作閑情賦應願將身脫錦鞋花間集詞云慢移弓底繡羅鞋則此飾不始於五代也明矣或謂起於妲己亦非　升菴集

古樂府暫出白門前楊柳可藏烏歡作沈水香儂作博山鑪李白用其意衍爲楊叛兒歌曰君歌楊叛兒妾勸新豐酒何許最關情烏啼白門柳烏啼隱楊花君醉留妾家博山鑪中沈香火雙煙一氣凌紫霞古樂府朝見黃牛暮見黃牛三朝三暮黃牛如故李白則云三朝見黃牛三暮行太遲三朝又三暮不覺鬢成絲古樂府郎今欲渡畏風波李白則衍云郎今欲渡緣何事如此風波不可行古樂府云春風復多情吹我羅裳開李反其意云春風復無情吹我夢魂散古人謂李詩出自樂府古選信矣其楊叛兒一篇即

暫出白門前之鄭箋也因其拈用而古樂府之意益顯其妙益見如李光弼將子儀軍旗幟益精明又如神僧拈佛祖語信口無非妙道豈生吞義山拆洗杜詩者比乎　升菴集

晋武帝炎報帖末云故遣信還遂南史晨起出陌頭屬與信會古者謂使者曰信眞誥云公至山下又遣一信見告謝宣城傳云荊州信去倚待陶隱居帖云明旦信還仍過耴反虞永興帖云事以信人口具几言信者皆謂使者也今之流俗遂以遣書饋物爲信故謂之書信王右軍十七帖有云往得其書信遂不耴荅謂昔嘗得其來書而信人竟不耴回書耳而世俗遂誤讀往得其書信爲一句遂不耴荅爲一句誤矣古樂府云有信數寄書無信心相憶莫作瓶墜井一去無消息包佶詩去札頻逢信迴帆早挂空此二詩尤可證

後漢申屠剛傳遣信人馳至長安劉虞傳道路壅塞信命竟不得通其曰信人可信任之人臧去人字猶可適也晋人言尚簡約竟以信爲使者　並升菴集

褾舞

鐸舞巾舞歌俳歌政如今之琴譜及樂聲車公車之類絕無意義不足存也　藝苑卮言

晉拂舞歌白鳩獨漉得孟德父子遺韻白紵舞歌已開齊梁妙境有子桓燕歌之風　同上

宋書樂志有白紵舞樂府解題譽白紵曰質如輕雲色如銀製以爲袍餘作巾袍以光軀巾拂塵王建云新縫白紵舞衣成來時邀得吳王迎元稹云西施自舞王自管白紵鱗鱗鶴翎散則白紵舞衣也王建云新換霓裳月色裙豈霓裳羽衣舞亦用白耶　韻語陽秋

琴操

余讀琴操所稱記舜禹孔子詩咸淺易不足道拘幽文王在繫也而曰殷道國國侵濁煩朱紫相合不別分迷亂聲色信讒言即無論其詞已內文明外柔順蒙難者固如是乎瞻天按圖殷將亡豈三分服事至德人語望來羊固因眼如望羊傳也他如獻玉退怨歌謂楚懷王子平王夫平王王靈王弟也歷數百年而始至懷王至乃謂玉人爲樂正子何其俚也窮劫由言楚王乖劣任用無忌誅夷白氏三戰破郢王出奔

用無忌者平王也奔者昭王也太子建已死有子勝後封白公非白氏也其辭曰留兵縱騎虜京闕時未有騎戰也河梁歌舉兵所伐攻秦王句踐時秦未稱王也句踐又無攻秦夫僞爲古而傳者未有不過於古者也不過古而傳是豈僞者之罪哉　藝苑卮言

詩有可解不可解不必解若水月鏡花勿泥其迹可也越裳操止三句不言白雉而意自見所謂大樂必易是也及班固白雉詩加之形容古體變矣　詩家直說

走馬引樗里牧恭所作也爲父報怨殺人亡匿山下有天馬夜降圍其室而鳴覺聞其聲以爲吏追乃奔去且觀乃天馬跡因惕然大悟曰吾之所處將邑乎遂荷杖去入沂澤中援琴而鼓之爲天馬聲曰走馬引而張敞爲京兆尹無威儀時罷朝會過走馬章臺街風俗曰殺君馬者路傍兒也言長吏馬肥觀者快之乘者喜其言驅馳不知至於死故張率作此引曰歛轡且歸去吾畏路傍兒　樂府集

雜曲歌辭

古樂府悲歌可以當泣遠望可以當歸二語妙絶老杜玉珮仍當歌當字出此然不甚合作可與知者道也用脩引孟德對酒當歌云子美一闡明之不然讀者以爲該當之當矣大瞶瞶可咲孟德正謂遇酒即當歌也下云人生幾何可見矣若以對酒當歌作去聲有何趣味　藝苑巵言焦氏筆乘云元美此言誤會用修之意矣用修正讀當爲平聲如當時之當言人生對酒與當歌之時無幾耳何嘗作去聲如當泣當歸之當哉子美詩當亦作平聲若如元美讀不成詩矣

作詩繁簡各有其宜譬諸衆星麗天孤雲捧日無不可觀若孔雀東南飛南山有鳥是也孔雀東南飛質而不俚亂而能整叙事如畫叙情若訴長篇之聖也人不易曉至以木蘭並稱木蘭不必用可汗爲疑朔氣寒光致貶要其本色自是梁陳及唐人手段胡笳十八拍軟語似出閨襜而中襍唐調非文姬筆也與木蘭頗類

藝苑巵言

古樂府井公能六博玉女善投壺蓋因井星形如博局而附會之亦詩人北斗挹酒漿之意也曹子建詩

仙人攬六着對博泰山隅香陸瑜詩九仙會歡賞六博且娛神戲谷聞餘地銘山憶舊秦周王子[redacted]詩誰能攬六着還須訪井公庾子山詩藏書凡幾代看博已千年陳張正見詩已見玉女笑投壺復覩仙童欣六博　升菴集按井公能六著玉女善投壺陳謝燮方諸曲同

古詩云博山爐中百和香鬱金蘇合及都梁又云氍毹五木香迷迭及都梁按廣誌都梁香出交廣形如藿香迷迭出西域魏文帝有迷迭賦信乎不行一萬里不讀萬卷書不可看老杜詩也　王直方詩話

迷迭賦當時如曹植王粲應瑒陳琳之徒皆有作不但魏文帝一人而已故梁元帝志蕭琛曰迷迭成章江總表曰迷迭之文云云　野客叢書

古辭云藁砧今何在山上復有山何當大刀頭破鏡飛上天藁砧砆也謂夫也山上有山出也大刀頭刀上鐶也破鏡言半月當還也此詩格非當時有釋之者後人豈能曉哉古辭又云圍棊燒敗襖著子故依然陸龜蒙皮日休固嘗擬之陸云旦日思雙履明時願早諧皮云莫言春繭薄猶有萬重思是皆以下句

釋上句與藁砧異矣樂府解題以此格爲風人詩取陳詩以觀民風示不顯言之意至東坡無題詩云蓮子擘開須見薏秋枰着盡更無碁破衫却有重縫處一飯何曾忘却匙是文與釋並見於一句中與風人詩又小異矣

葛常之詩話

古樂府山上復有山何當大刀頭此虎謎之祖子美歸心折大刀明用此意　過庭詩話

古樂府蘭草自然香生於大道傍腰鐮八九月俱在束薪中孟郊詩昧者理芳草蒿蘭同一鋤實本古樂府意

升菴詩話

袜女人脇衣也隋煬帝詩錦袖淮南舞寶袜楚宮腰盧照鄰詩倡家寶袜蛟龍被是也或謂起自楊妃出於小說僞書不可信也崔豹古今註謂之腰綵註引左傳衵服謂日日近身衣也是春秋之世已有之豈始於唐乎沈約詩領上蒲桃繡腰中合歡綺謝偃詩細風吹寶袜輕露濕紅紗　升菴詩話

劉禹錫再遊元都觀詩序云唯兎葵燕麥動搖春風耳今人多引用之予讀北史邢劭傳載劭一書云國

子雖有學官之名而無教授之實何異兎葵燕麥南箕北斗哉然則此語由來久矣爾雅曰莃兎葵蘥雀麥郭璞注曰頗似葵而葉小狀如藜雀麥即燕麥有毛廣志曰兎葵爚之可食古歌曰田中兎絲何嘗可絡道邊燕麥何嘗可穫皆見於太平御覽上林賦箴析苞荔張揖注曰析似燕麥音斯葉庭珪海錄碎事云兎葵苗如龍芮花白莖紫燕麥草似麥亦曰雀麥但未詳出於何書　容齋三筆

古樂府云道傍兎絲何嘗可絡田中燕麥何嘗可穫言虛名無用也蓋兎絲非絲而有絲之名劉禹錫文作兎葵燕麥非也今按兎絲虛名是也燕麥滇南霑益一路有之土人以爲朝夕常食非虛名也或者古昔雲南未通中國但有燕麥之名未見其實乎　升菴集

古采蓮曲隴頭流水歌皆不協聲韻而有清廟遺意　詩家直說

張良對高祖言長安形勝曰南有巴蜀之饒北有胡苑之利史記漢書皆不解胡苑之義後人或以苑作戎非也按漢官儀引郎中矦應之言曰陰中東西千餘里單于之苑囿也又胡人歌曰失我燕支山令我

婦女無顏色失我祁連山令我六畜不蕃息所謂胡
苑之利當是此義[redacted]正揚云史記註索隱
云苑馬牧外接胡地馬生於胡故云胡苑之利正義
曰博物志云北有胡苑之塞按上郡北地之北與胡
接可以牧養禽獸又多致胡馬故謂胡苑之利也
今云無解誤其歌引西河故事之誤姑勿及也
古樂府曰繡幕圍春風耳節朱絲桐不知理何事淺
立經營中護惜加窮袴隄防託守宮今日牛羊上丘
壠當時近前面發紅前輩多全用其語老杜曰意匠
慘淡經營中李長吉曰羅屏繡幕圍春風黃鸞直曰
今日牛羊上丘壠當時近前左右瞋窮袴漢時語也
今禧袴也　冷齋夜話齊梁間樂府詩護惜加窮袴
防閑託守宮今日牛羊上空壠當時近前面發紅老
杜作麗人行賜名大國虢與秦其卒曰輒勿近前丞
相嗔虢國秦國何預國忠事而近前即嗔耶東坡言
老杜似司馬遷蓋深知之　許彥周詩話
余於蜀棧古壁見無名氏號硯沼者書古樂府一首
云休洗紅洗多紅在水新紅裁作衣舊紅番作裏回
黃轉綠無定期世事反覆君所知此詩古雅元郭茂
倩樂府亦不載李賀詩云休洗紅洗多顏色淡卿卿

騁少年昨夜殷橋見封侯早歸來莫作弦上箭覰前詩何啻千里乎　升菴集下同

樂府有穆護砂隋朝曲也與水調河傳同時皆隋開汴河時辭人所製勞歌也其聲犯角其後至今訛砂爲煞云予嘗有詩云桃根桃葉最夭斜水調河傳穆護砂無限江南新樂府陳朝獨賞後庭花

𣗳歌謠辭

宋世寒食有抛堶之戲兒童飛瓦石之戲若今之打瓦也梅都官禁煙詩窈窕踏歌相把袂輕浮賭勝各飛堶堶音七禾切或云起於堯民之擊壤　丹鉛總錄

漢武內傳上元夫人彈雲林之瑟歌步玄之曲曰綠景清飈起雲蓋映朱葩蘭房闢琳闕碧后起瓊砂此歌華麗無味必六朝贋作西王母白雲謠曰白雲在天丘陵自出道路悠遠山川間之將子無死尚能復來辭簡意盡高古莫及　詩家直說

余疑穆天子傳西王母歌辭出後人粉飾山海經載王母虎首鳥爪形既殊異亦音不同何其悉似國風

予丹
鉛閏錄
詩衛風淇澳篇曰猗重較兮毛萇曰重較卿士之車孔頴達曰倚此重較之車實稱其德也周禮輿人云較兩輢上出軾者今之平隔也詩詁云車廣六尺四寸深四尺軾去輿高三尺三寸較去式又高二尺二寸較式通高五尺五寸盖古人乘車立乘非如今人之坐也論語曰升車必正立列女傳曰立轜無軿是其明証故乘車平常則憑較若應爲敬則落手憑下式而頭得俯較在式上若兩較然故曰重較輢是兩邊植木較橫輢上輢兩而較一說文車輢上曲銅也盖較在軾上恐其墜故以曲銅關之古謂較爲車耳古諺云仕宦不止車生耳三國志吳童謡云黃金車班蘭耳闓闓門見天子斧曲銅之說矣　升菴集
灩澦大如襆瞿塘不可觸太白詩五月不可觸猿鳴天上哀又詩瞿塘五月誰敢過灩澦大如馬瞿塘不可下杜子美詩沈牛答雲雨如馬戒舟航灩澦大如象瞿塘不可上灩澦大如鼈瞿塘行舟絕灩澦大如龜瞿塘不可窺南史灩澦如襆本
不通瞿塘水退爲庚公　升菴集

灩澦歌云灩澦大如襆瞿塘不可觸金沙浮轉多桂
浦忌經過此舟人商估刺水行舟之歌樂府以爲梁
簡文所作非也蜀江有瞿塘之患桂江有桂浦之險
故涉瞿塘者則準灩襆涉桂浦者則準金沙今樂府
桂浦作桂楫非也　升菴詩話正揚云此引通志而
誤者水經注云白帝山城水門之西江中有孤石名
淫豫石江水東逕廣峽溪乃三峽之首也峽中有瞿
塘黃龕二灘夏水迴復沿泝所忌國史補曰蜀之三
峽最號峻急四月五月尤險故行者歌之此樂府
所載未嘗以爲簡文作桂浦亦非作桂楫也俱誤
水經注所載事多他書傳未有者其叙山水奇勝文
藻辨麗予嘗欲抄出爲一帖以洗宋人臥游錄之陋
未暇也又其中載古歌謠如三峽歌云巴東三峽巫
峽長猿啼三聲淚沾裳又云朝見黃牛暮見黃牛三
朝三暮黃牛如故又云灘頭白勃堅相持倏忽淪沒
別無期記僰道謠云楢溪赤木盤蛇七曲盤羊烏櫳
勢與天通皆可以入
詩材　丹鉛餘錄
峽州記行者歌曰巴東三峽猿鳴悲猿啼三聲淚沾
衣故古樂府有巴東三峽巫峽長猿鳴三聲淚沾裳

陳蕭詮夜猿啼詩別有三聲淚沾裳竟不窮杜子美聽猿實下三聲淚　復齋漫錄苕溪漁隱曰古樂府梁簡文巴東三峽歌云巴東三峽巫峽長猿鳴三聲淚沾裳魯直竹枝詞注引此兩句爲証復齋所記峽州行者歌乃異韻而同詞必誤也馮惟訥云按前歌樂府古辭非梁簡文作也復齋所記是矣苕溪何所據而駁之也

古人詩句不知其用意用字妄改一字便不成文牛嶠楊柳枝詞吳王宮裏色偏深一簇煙條萬縷金不分錢塘蘇小小引郎松下結同心按古樂府小小歌有云妾乘油壁車郎乘青驄馬何處結同心西陵松栢下牛詩此意詠柳而貶松唐人所謂尊題格也後人改松下作枝下語意索然矣

三國典畧曰侯景纂位令飾朱雀門其日有白頭烏萬計集於門樓童謠曰白頭烏拂朱雀還與吳杜工部詩長安城頭頭白烏夜上延秋門上呼蓋用其事以侯景比祿山也而千家註不知引此

北齊時童謠云千金買藥園中有芙蓉樹破家不分明蓮子隨他云子嘗有詩云偃月堂空罷舞塵靖安

坊令怨佳人芙蓉蓮子隨他去
不及當年石季倫葢用此事
史記五宗世家程姬有所避不願進注引釋名云天子諸侯羣妾以次進御有月事者更不口說故以丹注面的爲識令女史見之又馬之當額亦曰的易說卦爲的顙三國志有的盧又烏瓟亦曰的南史侯景陷臺城童謠云的瓟烏拂朱雀還與吳並升菴集正揚云易爲的顙解曰的白也三國志注先主馬名的盧爾雅的顙白顛今之戴星馬也額有白毛謂之的相馬經曰馬白額入口至齒者名曰榆鴈一名的盧奴乘客死主乘棄市三國典畧曰侯景令飾朱雀門其日有白頭烏萬許集門樓童謠曰白頭烏拂朱雀還與吳南史作的瓟今以馬額烏瓟爲的誤若如其說則幽明錄云華隆犬號的尾是的又可爲犬尾矣
斠若畫一通鑑攺斠作較不知斠㪷斗斛也較車耳也其義殊遠　丹鉛閏錄正揚云史記蕭何爲法顜若畫一徐廣曰顜古頃反一音較索隱曰漢書顜作講講一作顜小顏曰顜和也未見顜字

莊子人貌而天史記郭解賛人貌榮名唐楊妃傳命工貌妃於別殿皆作人聲讀杜詩畫工如山貌不同又曾貌先帝照夜白又屢貌尋常行路人梅聖俞詩妙娥貌玉輕邯鄲自注音墨　丹鉛總錄正楊云田子方篇注云雖貌與人同而獨任自然史游俠傳云諺云人貌榮名豈有既乎徐廣云人以顏狀爲貌者則貌有衰落矣惟用榮名爲飾表則稱譽無極也二書俱無入音

鬼歌

詩行道遲遲中心有違思致微婉紫玉歌所謂身遠心邇洛神賦所謂足往神留皆祖其意　升菴詩話

古樂苑衍錄卷四終